Durs Grünbein

Von der üblen Seite

Gedichte 1985-1991

Suhrkamp Verlag

Grauzone morgens erschien zum erstenmal 1988 in der edition suhrkamp (es 1507); *Schädelbasislektion* erschien erstmals 1991.

Erste Auflage dieser Ausgabe 1994

Druck: Wagner GmbH, Nördlingen
Printed in Germany

Grauzone morgens

I Grauzone morgens

Den ganzen Morgen ging dieses Geräusch gleich förmig und offenbar unterirdisch dieses Geräusch so unablässig daß kaum jemand es hörte

dieses Geräusch tausender Reißwölfe einer un sichtbaren Institution die jeden lebendigen Augenblick frisch vom Körper weg wie Papier kram verschlangen.

Grauzone morgens, mon frère, auf dem
Weg durch die Stadt
heimwärts
oder zur Arbeit (was macht das schon) –

Alles passiert jetzt in Augenhöhe. Den
ersten Gesichtern, kantig und
hart, fehlen
nichts als die schwarzen Balken
über den Augen, ausgelöscht für die

diskrete Kartei aller Zeugen des
stillen Smogalarms (morgens
halb 6.)

Und es ist diese Zähigkeit (zäh:

Wie das Deutsche sagt), daß sie schräg
gegen den Kopfschmerz gehn und das
Rauschen der Filter-
anlagen in uns.

Etwas das zählt (gleich am Morgen) ist
dieser träge zu dir
herüberspringende Chromblitz eines
Motorrads. Der Sommer

restlos abgekühlt, liegt in den letzten
Zügen. (Einverstanden,
was neues). Du

im Museumszwielicht am Fenster kaust
Kaugummi, weil es die beste
Arznei ist gegen
Barockphobie. Pünktlich wird Herbst,
kommen die Depressionen
von Stuhlreihen vor einer
leeren Freilichtbühne seit Regen-

gedenken nicht mehr bespielt. Zwei, drei
Arbeiter wickeln Stoffbahnen,
heben das Dielenholz aus den
Rahmen. Du winkst ihnen
zu. Manchmal

ist nichts leicht banaler als ein
Gedicht, eine erste Tagung
so früh am Morgen auf den
erstarrten Flügeln der Motte, die sich

sehr weich anfühlt in deiner Hand.

Mundtot frühmorgens genügt schon
ein einzelner Mann
alles ringsum
in sich aufzusaugen wie hinterm
erstbesten Stellwerk am Nebengleis
dieser pissende Kerl. Unkraut und
brauner Schotter
soweit der Blick reicht. Ein Radio
nölt späte Beatles-
Verzweiflung, die ›Let it be‹-
Orgel schwimmt unterbrochen vom Lärm
eines vorüberfahrenden Güter-
zuges mit
Evergreen-Kühlwaggons,
zeitlupenhaft langsam, ganz nah und
betäubend: giftiges Grün auf die
rostigen Gleise schmierend in mono-
toner
Trauer von
Leguanen im Zoo oder Südfrucht-
kisten voller Bananen, verfault.

Eine hagere Frau morgens
unterwegs zum Betrieb ein
wenig schwankend als sie
die Fahrbahn betritt –

häßliche dünne Beine mit
blauen Flecken ein lila
Kleid weiße Tragetasche
zerkratzt wenn sie sich

umdreht siehst du ihr
junges Gesicht mit dem
Ausdruck der Müdigkeit
unverändert nach Wochen

tot aufgefunden. Wer kennt
diese Person? Wer hat sie
zuletzt gesehn? Wer kann

nähere Angaben machen?

In diesen Breiten ruft man die Dinge
nicht an, jeder weiß das: kein
Grund zur Beschwörung. Wer morgens

aufwacht braucht nur den Wecker zur
Orientierung, das Radio meldet sich
pünktlich von selbst mit den

vertrauten Tiefseegeräuschen. Bei jedem Ist-
Satz wird es ein wenig heller und
später (›Daß du das
aushältst . . .‹).

Tagebuch 51° nördlicher Breite: frei
von Traumbelag kommen dir
selten Entzugs-
erscheinungen längs

all der funkelnden Schienen an die
geheftet du durch den Tag
gleitest, als wäre

Zeit nicht diese genetische Droge oder
irgendein Code für den
unmerklichen Junkie-Rhythmus im Blut.

›*Die meisten hier*, siehst du, sind süchtig
nach einer Wirklichkeit wie
aus 2ter Hand . . .‹, sagte er. ›Keiner
kann lassen
von dieser eiskalten Reizworthölle, den
Massen zersplitterter Bilder
am Morgen
unterwegs durch die Stadt, eingesperrt in

überfüllte Straßenbahnen, gepanzert auf
engstem Raum (Hieß das nicht . . .
Entropie?).

Stell dir vor: ein Café voller Leute, alle
mit abgehobenen Schädeldecken, Gehirn
bloßgelegt
(Dieses Grau!) und dazwischen
nichts mehr was eine Resonanz auf den
Terror ringsum
dämpfen könnte. Amigo, du
würdest durchdrehn bei diesem einen
nerventötenden Sinuston von
garantiert 1000 Hz . . .‹.

An diesem Morgen gingen die 80er Jahre
zuende mit diesen Resten der
70er, die wie die
60er schienen: nüchtern und wild.

›3 Jahrzehnte mit einer Hoffnung im Off . . .‹

Nimm dir ein Negativ (und vergiß): diese
Warteschlangen sich kreuzend an
Haltestellen, die Staus im
Berufsverkehr, total

eingefrorene Gesten am Zeitungskiosk, die
Mißverständnisse (›Sind Sie
verletzt?‹) –
(›Kennen Sie *Dante*?‹). Du sahst wie sie

warteten, manche vom Glanz ihrer Exile
vereinsamt. Die Luft (sonst
unverwundbar)
war voller Szenen aus
Chaplinfilmen, ein
Wirbel grauer Pigmente davor, Tag und
Nacht grauer Regen vom
Kohlekraftwerk über der

toten Ähnlichkeit aller toten arm- und
beinlosen Engel auf den
Ruinen ringsum. Also schön,
dachtest du: dieser Ort
so gut wie ein anderer
hier in Mitteleuropa
nach Sonnenaufgang mit

galoppierenden Wolkenherden und frühem
Stimmengewirr wie vom Sog
eines Hafens

erfaßt . . . Ist es das? während du weiter-
machst, dich erwärmst, ein paar
Fremde grüßt gähnend
(›Ein Gähnender!‹) über-
drüssig der Tautologien, des Hungers, der

langsamen Einführung in diesen Tag.

Gerade an solchen Morgen
da man im billigsten Hotel-
zimmer einer Kleinstadt
eingenistet aus Faulheit ins
Waschbecken pißt –

während draußen
das letzte Lied durch ein
Werkstor verschwindet
und niemand sich nach ihm
umdreht, niemand die
Münze aus dem Asphalt kratzt

oder zurückgeht dahin
wo er beim Frühstück hastig
das Stehenbleiben der Uhr
registrierte –

gerade an solchen Morgen
ist die Gastfreundschaft
der Toten geduldig
an ihren streng geheimen Ver-

sammlungsorten das einzige
wofür es sich lohnt
alles wegzuschmeißen.

Später dann war es die silbrige Leucht-
spur haarfein durch den
frostklaren
Himmel gezogen, die wie eine riesige
Sicherheitsnadel die beiden
Hälften des Morgens
zusammenhielt. Schwer zu

beschreiben: als dieses erste Licht
halbwegs vergessen war, spürtest du
plötzlich die Schwerkraft

in deinen Knochen. Alles schien dir
verkürzt (›Eine
Ordnung nie dagewesen ...‹) und du

gingst wie benebelt im Ätherrausch
über den dröhnenden
Labyrinthen der Industrie.

Also von vorn: Manche Tage beginnen wie
alte Schellackplatten total zerkratzt mit
einem Knistern (›Was man so Arien nennt . . .‹).

Eine der ersten Arien, umsonst: es gibt
Blicke kaum auszuhalten auf nüchternen
Magen. Sagt jemand ›Zieh Leine!‹, du denkst,

du hörst nicht recht, aber du siehst die
erloschenen Männer allein oder gruppen-
weise palavernd, die Schemen verbrauchter

Frauen vorm Bahnhofsklo (unterhalb der
Statistik). Mann, was für kaputte Visagen!
befreit von erblindeten Abteilfenstern zu

Comicfratzen zerhackt. Eine wahre Caruso-
arie von ergrauten Blicken. Alte, die
früh am Morgen den Hund ausführen und

Flaschensammler im Selbstgespräch entlang
einer Häuserzeile, die von Erinnerung trieft:
Vorkriegs-Akkordeonseligkeit, heimliche

Liebe in Luftschutzkellern, der Aufruhr der
Fliegen im letzten Akt . . . Und wie gut

tut dieser irre Blick eines Ferkels, von
innen erleuchtet im Schaufenster der
Metzgerei. (Du bist endlich erwacht).

Langsame Einfahrt in die zerstörte Stadt.

Gesehen ganz wie
von neuem (geschockt):

diese Viehtransporter
vollgestopft mit

geduldig blökenden
Schafen und Massen

dreckiger Rinder
steifbeinig äugend

durch schmale Ritzen
im Holzverhau. ›Da war

nichts zu machen da
mußte man durch . . .‹.

Was für ein Lärm
auf den Straßen in

dieser Morgenstunde

unterwegs nach dem
Schlachthof die

alten Hundertopfer
›Hinunter den goldenen

Abhang der Frühe‹.

Was alles klar wird an so einem Morgen. Du
bist noch immer
derselbe wie gestern
oder
jedenfalls scheint es so, ganz
egal was
du selbst von dir hältst. (›Lieber erstickt
als erfroren‹, sagen die
Leute hier, aus Erfahrung.) In dieser

Grauzonenlandschaft am Morgen
ist vorerst alles ein
toter Wirrwarr abgestandener Bilder, z. B.
etwas Rasierschaum im
Rinnstein, ein Halsband
oder im Weitergehn ein Verbotsschild. Du

fliegst nicht auf. Vor den letzten Ruinen
haften Eltern für ihre
Kinder (was hier so
Brauch ist). Und schon
bist du eingeschlossen
geduldig im Leib des Tausendfüßlers, der
seinen Gang geht.
Entlang der Straßen tobt
architektonischer Kalter Krieg, stalineske
Fassaden, an denen noch immer
kein Riß sichtbar wird
(*Traum oder Trauma*)
schattenlos –
wie der idiotische alte Zeppelin schwarz
über ›Europas Balkon‹.

An diesem Morgen war alles Blau von den
Wänden gewaschen, der Himmel
sauber wie
selten sonst, du
erinnerst dich noch: die

Plejaden fand man bei ›P‹ in den Lexika
oder in Sapphos Gedichten
und das Azur
war ein Zitat auf dem unverhofft schönen

Plakat für die
erste
deutsche
Fliegerin
Melli Beese-
›Eine Frau in den Lüften . . .‹

(mit diesem Lächeln jahrhundertwendselig
und froh
der noch neuen Art von
Erfolg).

Wenn es nach einer Amerikanischen Nacht
einen Morgen genauso
künstlich
oder von
frischem Grau gibt, dann ist es einer
wie der: so ein
freundlicher Testbildmorgen.

›Auf jedem Bildschirm dieselbe Scheiße!‹

Mea piscilla (im Bett) sieht mir zu wie ich
verschiedene Hemden probiere
(Flanell oder
was sonst) . . . – eine
Wandinschrift in Pompeji?

Da ist dieser Trick mit der Zeit. Jeder
Gang durch die Vorstadt macht, daß du
älter wirst ohne dich jemals zu fühlen

wie eine Frau (mit einem neuen
Gefühl, einer heilsamen
Schizophrenie) –
›von den Gedichten
die ramponierten, von den Graffitis die

hingeschmierten‹ –
Es wird eine lange Kur
brauchen ehe wir restlos entgiftet sind.

Amabo, Amabis . . . Amabunt

Kühl beim Durchqueren der Lattenzaun-
schatten war diese Luft
gesprenkelt von
Morgengerüchen, noch anonym. Erster Rauch

trieb vor mir her und das Hundegebell
aus den Schrebergärten
klang wie beim
Aufbruch aus einem Sammellager gedämpft.

Schiefer Nomade, wach endlich auf! (In der
Mundhöhle Eisengeschmack) . . . wo du
nicht bist, da fegt dieser Wind
über die trockenen
Hochlandsteppen des Nordiran oder
transsibirisch
für ein unhaltbares Ich.
In meinem Mantel
gilbte vergessen ein Zettel mit einer Fall-
Tabelle lateinischer Verben . . .
dissoziiert.

Eine einzige silberne Büchse

Sardinen plattgewalzt
zwischen den Gleisen &
an den Seiten quillt

überall Sauce raus rot
wie Propangasflaschen
                                        (& ziemlich

bedeutungsarm) sie allein
unter sovielem Strandgut
im Landesinneren hält schon

was dieser Morgen an Schönheit verspricht.

II

Trilce, César

An manchen Tagen wußten wir einfach
nichts Bessres zu sagen als
›Gleich passierts‹ oder ›Geht
schon in Ordnung . . .‹ gelangweilt in

überheizten Bibliotheken wo unsere Blicke
bevor sie glasig wurden wie
Rauchringe schwebten
unter den hohen Kassettendecken
alexandrinischer Lesesäle. Die
meisten von uns

wollten fort (nach New York oder
sonstwohin): Studenten mit

komisch flatternden Stimmen
gescheiterte Pläne umkreisend immer im
Aufwind und manche vor

melancholischer Anarchie süchtig
nach neuen Totems, Idolen
gestriger Revolutionen und dem
zum x-ten Mal
akupunktierten Leib der Magie. Man kam
ziemlich billig wenn man den ganzen Tag
dort verbrachte (besonders
im Winter) zwischen den
kurzen Pausen allein

mit seinen postlagernden Sorgen miet-
schuldig, die Stille wie
Nervengas aus den Büchern
saugend all dieser

sanften Bestien (. . .) und manchmal
gab es selbst dort im Einerlei
dieses Treibhausklimas ein wenig
lebendige Überraschung –
(Trilce, César!). Ich

erinnere noch genau eines Nachmittags
im Sommer das
raschelnde Zwielicht als ich
beim Scheißen aus einer Nebenzelle der
Bibliothekstoilette
gedämpftes Atmen und Stoß auf Stoß
schnell sich steigern hörte: mein Herz
flog plötzlich auf und ich
erschrak wie ein ganzer
Schmeißfliegenschwarm vor dem

Liebesspiel zweier Männer die stumm
aneinander arbeiteten
schwitzend und selbst-
vergessen wie fremde
kentaurenartige Wesen auf einer
überbelichteten Fotografie.
Schwer zu vergessen mit welcher
Erleichterung sie nachher
frischgekämmt jeder
hochrot und mit cremigem Teint

einzeln an mir vorübergingen und nur
ein Augenzwinkern (durch mich
hindurch) verriet mir:
Sie hatten sich kennengelernt.

No. 3

Reglos für Augenblicke ähneln sie
Spinnen von fern wie sie an
speichelsilbrigen Fäden hängen oder

Matrosen in blitzender Takelage vor
Hochhausfenstern, die das Licht
gegenüberliegender Hochhausfenster spiegeln,

Fassadenkletterer in derselben nervösen
Schwingungsstille wie das
kaum merkliche
Flimmern der Iris beim Aufblick.

Später sieht man aus Stahlseilen
feingeknüpft ihre Kokons
hoch über Straßenschluchten gehängt,
die gespenstischen Schaukeln.

Kein Wunder, daß sie so leicht sind.
Was für seltsame Lebewesen
in diesem kalten Monat November.

An der Elbe

›Wie gesagt . . . irgendwas scheint
überschritten.‹ Ich
weiß nicht, doch
streune ich manchmal ganz

grundlos diesen vergifteten Fluß
entlang, zähle
die Enten und un-
verwüstlichen Schwäne und dann
geschieht's, daß ich an all
diese Flußgötter denke (im Blick
den vorüber-
treibenden Unrat: Papierfetzen und
Blechkanister, etwas

Polystyrol) als hätte es sie (die
Orgasmen der 3000
Töchter des Okeanos) überhaupt
nicht gegeben und
jeder Zufluß
wirft neue Blasen zartleuchtender
Chemikalien auf, an-
gewidert spucke ich von der

kahlen Uferterrasse herab, fühle
mich unbehaglich (der
›Held im Film‹) und
bewundere später ein Paar strom-
abwärts keuchender
alter Männer
beim Jogging.

Verdorbene Fische

›Erschrick nicht, wenn du die Krusten
    Brots, die Kartoffelschalen weg
wirfst, am Boden der Futtertonne

liegt wohl ein Halbdutzend verdorbener
    Fische (Makrelen) mit steif
aufgerichteten Schwänzen und starren

Augenringen, die Bäuche geschlitzt, nein
    erschrick nicht, es ist
ein so sinnloser Anblick, verzeih ...‹

No. 5

Wo sich die Fliegen begatten zuckend
        in ihrer längsten Sekunde am
dreckigen Tischrand der Autobahnbar saß ich

und starrte durch Schlieren hinaus auf die

Tankstelle im Regen die Spanischen Reiter
        und in unablässigen Schemen
dahinter die Autokolonne wie Schorf
aus dem Innern der Erde.

        Dort sah ich Antaios
gewandelt zum Schaufelbagger der
        mastodontisch sich am
Chausseerand entlangfraß: Hüter der

Ausfallstraßen in ein gerodetes Land

und zwischen Kettenspuren blieb diese
        Kabelrinne häßlich zurück und
anderntags tief ins Gedächtnis gegraben

die morgendliche Gewißheit:
        Wie diese Erde aufgerissen stinkt.

No. 8

Dieses Staunen wie hell selbst die
        abgeschiedensten Vorstadtwege
in einer Neuschneenacht liegen –
                        da war sie wieder
die Untrüglichkeit der Haikus.

Oder ein andermal Meister Bashô als dieser
        bleiern sich windende Fluß
                                die Elbe

Kloake mit ihren wenigen quellebendigen

Wirbeln längst ölgeworden doch
        eines Morgens wieder entufert lag –
Diese Freude der Überschwemmung! Diese

plötzlich so unscheinbar eingebetteten
        Brücken! Es war als irrten
die Landungspontons strudelnd in Seenot
                        Möwenspähtrupps zogen
an weichen Vorgebirgsrändern vorbei und die

Regenfluten brachten das Einerlei des
        verdammten Elbtalkessels zum
Brodeln. Nicht wahr: eine seltene Suppe.

Denk nicht ich sei gehässig Bashô. In mir
        ist nicht einmal was übrig blieb
von ›alten Soldatenträumen‹ kein ›Sommergras‹ –

lauthals zu sein: ich habe es satt so ganz
gramgesättigt zu leben von einem
undurchdringlichen Augenblick an den

nächsten gespannt in einer Stadt alternd
in notgedrungenem Schweigen in dieser
Talversunkenheit schwerer Kuppeln und

schmaler durchbrochener Türme – Dresden
grausam zurückgebombt um ein
weiteres kaltes Jahrhundert der Müdigkeit
und betriebsamen Enge die Straßen
voll Echos verhohlener Echos.

(Wie das den Tag füllt: die alten
Alarmrituale von Straßenbahnen und
Mittagssirenen der ganze Lärm der abends
längst aufgelöst ist in ein
beliebiges Nichts.) Denn so regelmäßig

arbeiten der Kühlschrank mein Herz und
am Fenster
magisch die beinereibende Fliege daß es
fast scheint alles sei jetzt im
Einklang Matsuo – irgendein zen-
buddhistischer Witz und die letzten
Redensarten ringsum wie
Speisereste verteilt.

Dieser Tag gehört dir

Undurchdringliche Augenblicke eng
aneinandergereiht wie
Gerüchte im Schein einer immerfort
gestrigen Politik, eine

Folge schnell wechselnder Grau-
samkeiten, das
Nonsens-Ping-Pong-
Geschwätz einiger Zeitungs-
leser auf einer Parkbank und du
wie du die Windstille

genießt unter niedrigem Himmel (im
Schauspielhaus gegenüber proben sie
Shakespeare ... ›Wir Hu-
manisten ...‹).
Du wartest und
beugst dich vor zwischen
Kinderwagen und
Scharen räudiger Tauben die

einen Wirbel machen beim Füttern –
Du siehst ihre Köpfe ab-
getrennt
blutig im Rinnstein, ein
schillernder Tagtraum, ringsum
bespritzte Statisten in einem
Attentatsfilm (›Der
Mord an Leo Trotzki‹) oder das übliche

Kino des Status Quo
Minus . . ., aber dann
schlenderst du einfach
ein wenig weiter zur
nächsten Kreuzung sehr
langsam, denn
dieser Tag gehört dir.

›Aids‹

Als diese Krankheit aufkam hing ich
eben in einer von diesen
Imbißbuden und las Kung-Fu-Tse (im
›lun yü‹) weil die
Spaghetti nach einer Viertel-
stunde noch immer nicht kamen, es war

wie verhext hier unter Plastikklängen
in dieser sachlichen
Zellophanshow erotischer Blicke, vorm
Fenster Verbrüderungsfresken und
Abendhimmel wie Seen voller
ungestillter Farbbegierden der Wolken schien
seine Lehre mir plötzlich

absurd. Die Gesetze des Himmels und
welche Dienste die Söhne den
Vätern, die Lebenden
ihren Ahnen schulden, die Riten und
aller Kanon vom
reinen Leben: wem galt das? Uns? Tag und
Nach diese Dauerströme von

Informationen, die unsichtbaren Bakterien-
stämme der Worte, ein
riesiger Gallerthaufen aus schlaffen
Kondomen und fischgräten-
steifen Pessaren, befruchtete Eizellen
auf Eis kurz vorm Start

in ein vielversprechendes Leben mit
Voodoo-Zauber und maschinellem

Brave-New-World-Komfort zwischen Urlaut
&
›mega-corpse‹,
Steinzeit und kybernetischem Traum-
soviel

Verdauung ringsum, solche Spuren von
Heiterkeit im Vorbeigehn, Millionen
Augenpaare gebannt von den Fernseh-
orakeln am Abend. Fehlt nur
die ›Richtigstellung der Worte‹, was?
(Kung-Fu-Tse, heißt es,
kam ohne Pathos aus, seine Lehre war
wunderbar leicht, nur ein wenig
Musikkult, das ›Buch der Lieder‹ und
alles Naheliegende, das er
mit Zähigkeit festhielt: ›Bin ich ein

Kürbis Zi-lu, bloß zum Ansehn . . .?‹)

Was du nur willst,
hör ihm gut zu, dachte ich, sei
entspannt, aber dann
tauchte zum erstenmal ›AIDS‹ auf im
Radio beinah so
selbstverständlich wie diese
Neonreklame im Schaufenster
gegenüber, die
wächsernen Mannequins neben
Möbeln (preisgesenkt). Ein Gelächter fing

Feuer, ich bezahlte den Kellner und
irgendwer
schrie wie seit Stunden von allen
Wespen der Erinnerung dicht
umschwärmt bis zum Stimmbruch, da
ging ich raus.

Nullbock

Prenzlauer Berg sonntags die dunstige
Schwüle in den von
Autos verstopften Straßen. Ein Junge
in Jeans

streichelt ein Mädchen lässig beim
Telefonieren am Apparat dicht
vor der Hauswand zersplittertes Glas. Sagt
›Nichts los heut‹ und wendet

sich um in die Richtung aus der
der Schrei eines
verunglückten Kindes kommt aus-

gestreckt wenige Meter vor dem
zerquetschten Ball.

›Nimm es an!‹

Soviele Tage in denen nichts sich
ereignete, nichts als die
knappen Manöver des Winters, ein paar

Schneehügel morgens, am Abend längst
weggetaut und der seltsame
Augenblick im Kasernenviertel war

ein exotisches Flugblatt: als dieser
kleine Soldatentrupp Russen in
grünem Filzzeug schweigend ein

Zeitungsbündel bewachte und ich las
»КОММУНИСТ« obenauf und
es fiel mir die Zeile ein ›Denk

an die Uhr am Handgelenk
Jackson Pollocks.‹

Grund, vorübergehend in New York zu sein

Da war diese grüne Hülle der Zahlungs-
fähigkeit, ein Gefühl kurze Zeit
oben zu sein . . . schnell verwelkt.

Und irgendwer hat dir ein Fliegenpapier
an den Rücken geheftet, du
ahnst es schon (›incommunicado‹).

Müde Heimkehr nach einem Abend voller
Geschwätz delirierender kleiner
Sorgen fast ohne
Anstrengung. Verflucht

bist du klebrig Süßer, am ganzen
Körper, die Poren mit un-
scharfen Linsen von Schweiß

ausgefüllt. ›Viertel nach 2 . . .‹, und ›Kein
Traum in Aussicht . . .‹, nur
diese ziellose Müdigkeit. In New York

hättest du todsicher jetzt den
Fernseher angestellt, dich zurückgelehnt
blinzelnd
vom Guten-Morgen-Flimmern belebt.

Badewannen

Was für liebliche klare Objekte doch
Badewannen sind makellos
emailliert ganz unnahbar mit dem

heroischen Schwung rundum gußeiserner
Alter Ladies nach ihren
Wechseljahren noch immer frisch.

Typische Immobilien (wann hätte jemals
sich eine von ihrem Fleck
gerührt) sind sie doch immer

wieder von neuem gefüllt, aller Dreck
aufgelöst in die Kanalisation
fortgespült muß unfehlbar

durch dieses enge Abflußloch auf dem
Wannengrund. Wahre Selbst-
mordmaschinen auf ihren

stummeligen Beinen, Warmwasserbetten
mit Platz genug für ein
einzelnes vögelndes Paar

in sovielen Wohnungen etwas wie eine Oase
voller nostalgischen
Schaums.

III Glimpses & Glances

Du, allein

Du, allein mit der Geschichte im
Rücken, ›Zukunft‹ ist
schon zuviel gesagt, ein paar Wochen
im voraus (es gibt
keine Leere), dazwischen die

Augenblicke von Einssein mit dir
und den andern, die
seltsame Komik von Emigranten-
träumen in einer Zeit des
›alles erlaubt‹.

Eine Regung

Dieser flüchtige kleine Windstoß, Luft-
wirbelsekunde, als ein
verschreckter Sperling kurz
vor mir aufflog, schon

außer Sicht war und eins der
leichtesten Blätter folgte zer-
rissen in seinem Sog.

Anderswo

Einmal sah ich im Eis des Zwinger-
teichs festgefroren eine
geriffelte Wodkaflasche mit dem
Markenbild

›Brüllender Eisbär‹ auf blauem
Grund klar und still-
gelegt wie eine Sache, die man

als abgeschlossen betrachtet
bis sie nach Jahren plötzlich
sich anderswo
unverwandt zeigt.

Wärmeplastik nach Beuys

Erst als der geile Fliegenschwarm
aufstob in äußerster Panik
um seine Beute tanzte wie

eine Wolke von Elektronen mit
hohem Spin, sah man die beiden

Jungvögel nackt.

Es war Zwölf Uhr mittags und dieser
böse Zufall nichts
als eine Gleichgewichtsformel

für zwei gedunsene Madennester
wie Spiegeleier
leicht angebraten im Straßentiegel
aus Teer und Asphalt.

Notizblatt

Leere . . . mein Kopf ist nur Leere, ein
›Schwarzes Loch‹ an diesem
Sommernachts-
wendepunkt. Tabula rasa.

›Nichts geht mehr‹, heißt ein Gefühl
von allen Seiten fotografiert
zu sein in Betrachtung der

Ameise, die einen toten Artgenossen
vorüberschleppt (in einem
Augenblick über den Zeiten).

›Geh Hirn!‹ . . . Natürlich war es nicht das
was die gewitzten
Meister der Sung-Zeit

Satori nannten.

IV

Ohne Titel

Ein neues Gedicht hat
begonnen an diesem
Nebelmorgen von Garcia
Lorcas Ermordungstag. Eis
essende Kinder und alte
Männer mit komisch
geschwollenen Köpfen
begegnen uns auf der
Straße zum Standesamt wo

unser Kreuzschiff vom
Stapel gelassen wird ohne
das übliche Winken ganz
und gar ungeweiht aber
dennoch von allen bösen
Familiengeistern besetzt.

Wir hatten das Schweigen
gelernt mühlos vorm
Abend wie eine dunkle
Sehne zu spannen: man
sah uns nicht an wie
uns zumute war beim
Verlöschen der Ziele.
Westwärts zog ein Paar
kleiner Wolken, die
Stadt färbte den Himmel
über sich grau und
ich sagte, es hätte mir
Freude gemacht über
Müllhalden mit dir zu
schlendern. Du aber
trugst die verrückten

Schuhe: knallgelb und
wir hatten es eilig als
ein besonders kühler
Nieselregen begann.

Ein altes Thema

Es hilft nichts immer wenn es
um Mütter und ihre Säuglinge

geht kann ich kaum was dazu
beitragen. Irgendwie fehlt mir

zu diesem Thema Moral die
Gespräche darüber so recht erst
in familiären Schwung bringt.

Vielleicht genügt schon ein
ganz gewöhnlicher Einkauf

in einem Warenhaus . . . Kinder

laut schreiend durch diese
Neonhölle gezerrt gleich am

Eingang die Doppelreihe von
Kinderwagen in einem Lager-

raum abgestellt Lautsprecher-
aufrufe verirrter Kinder Roll-

treppenverfolgungsjagden und
Mütter die ihre Kinder als

Suchtorpedos in alle Etagen
abschießen. Einmal sah ich

ein weinendes Baby im Draht-
verhau eines Einkaufswagens

quäkend und strampelnd und
als die Mutter ihm einen

20-Mark-Schein gab wurde es
mit einemmal still beinah tod-

ernst und besah ihn sich
friedlich . . . Im Alten China

hielten sie eigens für sowas
ein Schriftzeichen bereit:

Es bedeutete *lieben* und
war zusammengesetzt aus

den beiden Zeichen für eine
Frau und ein *Kind*.

Tauben

Typischer Fall von Mimikry: die vielen
Bahnhofstauben pickend zwischen
Resten Keks und Brot, Ölschlieren, Grus und

Koffern, festgewachsen auf den Gleisen
wie es scheint, an Oberleitungen und
aus derselben Gründerzeit, gußeisern

wie die Rippenbögen, Pfeiler, Kuppeln.

Hin und wieder löst sich eine, fliegt und
wirbelt Dreck am Boden auf, wo
wie in miesen Liebesfilmen Reisende

erstarrt vor Ankunftssehnsucht rauchen.

An J.

Alter, die Katzen nachts, diese giftig
schreienden Tiere erinnern mich heute
wieder an dich. Kaum zu glauben,
daß du genauso erbärmlich da draußen
um Liebe fauchst, dich erregst mit
zerbissenen Ohren in deiner Fellweste
struppig. Kein Hund

wäre so unvorsichtig wie du unterwegs
durch Europa in dem geklauten Wagen
allein unter den billigen Sternen, die
Knie eng angewinkelt beim Onanieren
in dieser herrlichen nervenkitzelnden
Irrenhaus-Nacht.

Kursiv

Neunter November, vorm Mund stehen
Atemwölkchen und du bist per Anhalter
unterwegs nach Berlin, wachgestoßen vom
Sex eines elektroakustischen Mädchens
im Autoradio. Überholverbot. Zahlen zum
Tag des Chemiearbeiters (›Hört sich wie'n
Krimi an‹) und Erinnerungen an frühere
Fahrten. Rimbaud

der Gerechte! Amigo, was ist bloß schief
gegangen, daß sie uns derart zu Kindern
machen mit ihrer *Einsicht in die Not-
wendigkeit*, ihrer *Wachsenden Rolle des
Staates*? Die paar Verkehrskontrollen,
sagte er, bringen wir selber auf, aber der
Rest ist zuviel.

Fast ein Gesang

Alles fängt an kompliziert
zu werden
wenn dir das
Elefantengrau dieser Vor-
stadtmauern den
letzten Nerv
raubt für die Unmengen
freundlicher Augenblicke.
Dann geht plötzlich alles
schief
du bist nur noch
aufgelegt zu geduldigen
Elegien
montierst lustlos
ein bißchen an diesen
verbogenen Mobiles aus
Tele-
graphendrähten und altem
Gitterwerk –
traurig traurig:
nichts will mehr fliegen
nichts sich bewegen lassen
von einem leichten Wind.
Natürlich ist alles dann
nur noch ein Rinnsal
vor-
gestriger Freuden
du läufst
steif wie der
Bruder des
Blutegels durch diese
langweiligen Straßen
weichst

Mülltonnen und Stapeln von
Bierkästen aus und vor all
diesen Abrißhäusern und
öden Garagenhöfen
Plakatschwarten an Litfaß-
säulen und
Schrebergärten
peinlich umzäunt bist du
die meiste Zeit
nichts als
ein drahtiger kleiner Statist
hin- und herbugsiert in den
Staffagen eines schäbigen
Vorstadtkinos
4 Jahrzehnte
nach diesem Krieg
Klar daß
fast jedes Gedicht dir
vor Müdigkeit schlaff wie
ein loses Spruchband zum
Hals heraushängt:
dieser Vers
so gut wie ein anderer
hier
auf einer Grautonskala . . . Es gibt
keine Wölfe mehr nachts und
Asasels rauhes Gebell ist
das Taxihupen am Morgen. Der
Frühling ist dieser Urin-
gestank altersschwacher
Maschinensäle und
Herbst der
Asphaltglanz auf Dächern und
Ästen ein Netz haarfeiner
Risse zurückgelassen vom
Ascheregen quer über den

dreckigen Spiegelungen
des Lärms (d. h. natürlich nur
wenn du dich mies fühlst).
Ansonsten
geht wohl auch das.

Belebter Bach

mit alten Autoreifen, Glas,
Sperrmüll und der Attrappe
eines kleinen Wehrs

aus Zellophan und Schrott,
in dem inmitten Schaums
auf einem Ölfilm ausgesetzt

ein grüner Badefisch sich
zwischen Zweigen schaukelnd
leicht um seine Achse dreht.

Kommt
Wellen klaren Wassers, kommt.

Lokpumpe

Sieh, diese große rostige Pumpe
gußeisern und wie ein Galgen
oder ein Totemrohr fremd

zwischen den Gleisen, als wäre da
irgendein Regen . . . irgendein Todes . . .
Geheimnis in ihr.

Süßlich stinkend, in Wellen, schlägt
das Geschrei blutiger Fischschuppen
aus offnen Waggons mir ins Gesicht.

Der Regen läßt nach, wo ich friere.
Ich denke an Tlaloc, den Regengott,
Gott des Wassers im Alten Mexico –

Ich bin nicht hungrig, ich weiß,
die Bahnsteige hier liegen still.

Eine von diesen Harpyien

Pünktlich immer um dieselbe Zeit
nach Mitternacht hörst du im Bett

ein Stöckelschuhpaar draußen
vor dem Fenster im Alleingang

klappern
                              tak-tak-tak-tatak
nach jedem vierten Schritt ein

Auftakt langsam näher kommend
irgend so ein Stelzfuß (weiblich) mit

geschärften Krallen . . . während du
dich in den Laken duckst wie

vor dem Sprung erregt von diesem
aufgespreizten rhythmisierten
Klang. Doch sie (die Vogelfrau?

der Vamp? . . . die große Ralle?)

zieht gelassen weiter ihren Strich
mit der erotischen Mechanik einer

trägen Nähmaschine, die dich an
Normaluhrzifferblätter denken läßt:

›Als er noch einmal hinsah
war es 5 Minuten später.‹

Farbenlehre

Vom Fenster abgerutscht
mit dem Schienbein auf-
geschlagen am Gitterrand
einer Hortensienrabatte

sahst du zum erstenmal
deinen Knochen bloßgelegt
gelblichrot und wo kein
Blut war elfenbeinweiß.

So gesehen das weißt du
nun prägen sich Farben
besonders fest ein.

Olé

Sie fand sich in einem
Straßenbahntraum
ohne Notbremse gefangen
im trüben Licht
zwischen leeren Pilsner-
flaschen, Fetzen von
Packpapier, Kotzelachen

Konfetti und Plastik-
sitzen zu öd
darauf Platz zu nehmen:

sie war eine Spanierin
(schwarz von den
Strümpfen bis zur

Mantilla). Barfuß und mit

umwickeltem Zopf à la
Carmen wieder allein
(Aschermittwoch).

Geschwängert vom üblen

Mundgeruch des Soldaten,
dessen Ausgang ein
Reinfall war, stand sie
wie seekrank im letzten
Wagen und es war

fraglich wie sie da
wieder rauskam.

V MonoLogische Gedichte

MonoLogisches Gedicht No. 1

Wenn dir was läuft plötzlich
als Katastrophe erscheint

bleib nochmal leicht. Sag es so
daß man am andern Ende das

klare Gefühl einfach nicht
loswird: Genauso wie der

hätte man's auch gesagt.

Es gibt heiße Medien und es
gibt kalte Medien Gedichte

egal in welchen Brüchen auf
was für Zeug immer *gedruckt*

bleiben kalt (und wenn sie
noch so heißgekocht sind).

Dabei liegt Heiß und Kalt
oftmals gar nicht sehr weit

auseinander und manchmal
schlägt eins ins andere um:

Aus dem fauligsten Pathos
wird das belebende Sprudeln

der Luftblasen aus einer
Seele auf Tauchstation. Denn

was ist schon die Surrea-
listik der Ängste gegen die

maßlos zufälligen kleinen
Tricks eines Gedichts.

MonoLogisches Gedicht No. 2

Zwischendurch gibt es dann
manchmal Tage an denen

habe ich wieder Lust ein
Gedicht anzufangen der Art

wie sie noch immer nicht
sehr beliebt sind. Ich meine

eins ohne alle meta-
physischen Raffinessen oder

was als Ersatz neuerdings
dafür gilt . . . diese Tour

zynisch abzuknien vor dem
Stelzengang der Geschichte

oder gebrochenen Blicks im
harten Ost-West-Marathon
wie nur je ein verdammter

Schatten Dantes von Seiten-
stechen zu klagen. Gedichte

sagte mir neulich jemand

reizten ihn nur wenn sie
voller Überraschungen sind

aufgeschrieben in diesen
seltsamen Augenblicken da

irgendetwas noch Ungewisses
ein Tagtraum eine einzelne

Zeile von neuem anfängt und

dich verführt.

MonoLogisches Gedicht No. 4

Du verfolgst deine eigen-
sinnigen Pläne du stellst

die Bilder um ordnest die
Augenblicke aber du hörst

ihnen nicht zu wie sie
ganz anders ordnend ihre

eigensinnigen Pläne ver-
folgen wie sie die Bilder

umstellen zufällige Gesten
zeigen in denselben Räumen

sich anders bewegen bemüht
dir nicht zuzuhören. Das

ist der springende Punkt.

MonoLogisches Gedicht No. 5

Seltsam was mich noch immer
umhaut ist diese Plötz-

lichkeit mancher Augenblicke.
Z.B. das helle Blinken der

Bauchseite wenn ein Delphin
sich herumwirft und durch den

hochgehaltenen Reifen am Arm
der Dompteuse springt. Oder

der kalte Sekundenbruchteil

wenn eine 61er Bildröhre auf
einen Schlag implodiert und

dir erst über den Splittern
klarwird daß da immer schon

kein Gedächtnis war (was also
sollte verlöschen?). Vermutlich

kommt alles von dieser feind-
lichen Lichtung in deinen

Träumen dem schiefen Tableau
aller toten lebendigen Dinge

tagsüber abgedrängt in jene
diapositiven Regionen wo
jedes so unabänderlich wirkt

nicht wahr und trotz allem
kaum länger dauert als ein

paar tausend REM.

MonoLogisches Gedicht No. 13

(Lied)

Sieh genau hin, ehe sie dich
        für blöd verkaufen.
                Amigo, die klarste

Einsicht liegt in der Luft.
            Du mußt nicht
schneller sein oder cleverer.
        (Das gehört hier dazu.)

Geschäftigsein macht sich
        bezahlt (und scheint besser
als Glücklichsein). In den
                Stunden der Unter-

haltung bleibt noch die
        raschelnde Zwietracht
                von Konkurrenten, das

Dickicht enttäuschter Blicke.

In toten Studios Tonband-
        zirpen zu den kopierten
            Gesten, ansonsten
        Gesichter wie auf –

geschlagene Zeitungen voller
        Kommuniqués und Sehn-

sucht nach Televisionen am
Abend und dem
Betrug einer Hand

über den Körper gleitend
wie über Metall.

VI

Perpetuum Mobile

Ende der Eiszeit . . . (ein Film?): Tschuang-tse
trifft Ezra Pound im Hades
und schlägt ein Kreuz über ihm.

Die Glücksgötter grinsen, die neuen Menschen
blinzeln träg in die Sonne.
Niemand mehr träumt den Traum

von einem Zeitalter, in dem die Maschinen
Köpfe tragen an ihrem Platz
zwischen Pflanze und Tier.
. . . .

Im Handumdrehn aus dem Lärm einer Stadt
fliegst du als Zeitpfeil
durch den Science-fiction-Spiegel

hinaus in das galaktische Schweigen der
Dichter des Tao.

Schädelbasislektion

Man is a thought-sign

Charles Peirce

VII Schädelbasislektion

1

Was du bist steht am Rand
Anatomischer Tafeln.
Dem Skelett an der Wand
Was von Seele zu schwafeln
Liegt gerad so verquer
Wie im Rachen der Zeit
(Kleinhirn hin, Stammhirn her)
Diese Scheiß Sterblichkeit.

2

Dieser Traum vom Leichthin
Kennt doch niemals Erbarmen.
Zwang? Ist zwecklos. Ein Dschinn
Hält sich selbst in den Armen
Reiner Luft (Griechisch: Pneuma).
Erst ein Blindflug macht frei.
Sich oft bücken gibt Rheuma.
Du verstehst. . . Samurai.

3

Zwischen Sprache und mir
Streunt, Alarm in den Blicken,
Ein geschlechtskrankes Tier.
Nichts wird ganz unterdrücken
Was mein Tier-Ich fixiert
Hält – den Gedankenstrich kahl
Gegen Zeit imprägniert:
Bruch der aufgeht im All.

4

Ohne Drogen läuft nichts
Hier im Irrgang der Zeichen
Wo du umkommst gesichts-
Los in blinden Vergleichen.
Träumend. . . Rate für Rate
Von den Bildern beäugt.
Wer ist Herr der Opiate
Die das Hirn selbst erzeugt?

5

Unterm Nachtrand hervor
Tauch ich stumm mir entgegen.
In mir rauscht es. Mein Ohr
Geht spazieren im Regen.
Eine Stimme (nicht meine)
Bleibt zurück, monoton.
Dann ein Ruck, Knochen, Steine.
. . . Schädelbasislektion.

Posthume Innenstimmen

Inframince

Unverwandt streunend, der Traum eine Lichtung im Ich
Nimmst du die Sprache der Dinge mit unter die Haut.
Jeder in seiner Welt... unerkannt... soviele Welten.
Was sich hier zeigt bleibt versteckt, was sich erinnert
Vergeht an der Drehung des Strickes an dem du hängst.
»Hab mich verirrt.« /
              »Name?« /
                    »Auf Wiedersehn.« /
                              »Komm zurück.«
Die Sache wird inhaltsleer wenn du denkst, kein Vergleich
Mit diesem Hirn, schwimmend im Liquor, ein grauer Schwamm.
Sprache zerfällt, unverdaut, sie verwest wie Pupillen,
Ur-Zeit verramscht wie die Meeresschildkröten auf Bali.
Archimedes' Punkt, unter uns gesagt, ist kein Ort.
Das Übel liegt an der Wurzel der Sätze, am Grund
Der Idiome und Stile, die man irgendwann sattkriegt.
Über der Zeit das Vergessen spricht fließend Latein.

Après l'amour

Gleich nach dem Vögeln ist Liebe der bessere Stil.
Die Tierhaut entspannt sich, das Herz fängt sich ein.
Flacher Atem bläst Schweiß aus den Schlüsselbeinmulden.
Auf der Zunge zergangen, löschen Spermien den Durst
Auf den Nachwuchs. Die Achselhöhlen, den müden Bauch,
Alles holt sich der Schlaf. Wie nach zuviel Theologie
Kehren die Laken sich um. Altes Dunkel am Rand,
Neue Ränder im Dunkel. Die Kniekehlen zwitschern
Zweistimmig stimmlos ihr Post-Coital, ein Rondeau.
Eben noch naß, richten die Härchen wie Fühler sich auf.
Betäubt, *summa summarum* gestillt, hört dieser Schmerz
Des Lebendigseins bis zur Erschöpfung auf wehzutun.
Zurück in der Zeit, sind die Körper an keinem Ziel.
Gleich nach der Liebe ist Vögeln der bessere Stil.

French kiss

Aus meinem Zwischendrinsein kein Hehl, mach ich zuletzt
Was draus zu machen mir einfällt, nicht viel, ein Gedicht.
Plötzlich wird Pfeifen im Wald zur besten Methode.
Streichhölzer, Tische, Nachtbars sind hier nur Holz.
Die Stimme bleibt weg in den einzelnen Pausen.
Unterm Moos, unerwartet, gibt eine Liebe Laut –
Zungenschlag wie das Quietschen von Gummistiefeln.
Ohne Anfang und Ende ist er jederzeit da, dieser
Ablauf der Mythen und Fakten tauscht und maskiert
Wie im Schachspiel die Hirne. Und was heißt schon
Eine-stehende-Welle-verlassener-Zeit? Etwa Rauch?
Was am Tauchen zum Bleiben reizt ist der Übergang.
Die Gefahr, daß im Innehalten die Frage stirbt.
Einsam auf weiter Flur steht ein gelangweiltes Und.

Dieu trompe – l'œil

Ganz klar, dein Entzücken hat wie ein Fledermausflug
Diesen flüchtigen Raum erzeugt und durchsucht, Descartes.
Ein abstrakter Witz fegt die astralen Roste blank.
Wo immer Spuk mehr als Ultraschall war oder Zoologie
Sind nun Skalare... Vektoren... Tensoren... am Ziel
Keines Wegs, den ein gelenktes Geschoß schnell verbraucht.
Einmal vermessen läßt uns der Raum wunschlos zurück.
Langeweile, codiert, macht den Tod zur Null im Perfekt.
Ein neuralgischer Punkt, zwischen X und X auf dem Sprung,
Jagt sich das Ich nun, verstört, durch ein Fehlerprogramm.
Zwischen den Zeilen des Elektrons erstarrt das Duell.
Weiter hinaus als gedacht wird das Restlicht zum Stern.
Folge dem Richtungspfeil bis die Landschaft sich hingibt.
Unter den Füßen, Descartes, ist der Boden noch immer heiß.

Fisch im Medium

Was gemeint ist heißt *Name,* was verschwiegen bleibt *Ding*.
Weitverzweigt sind die Sätze zu jeder Schandtat bereit.
Peinliche Immanenz. . . In die Gödelschen Öden verrannt
Wird das Geschwätz wie der heilige Geldumlauf paranoid.
Der tägliche Aktienindex, ein Coup, gibt dem Spiel
Das Maß aller Dinge, die Regeln für Schicksal im Text.
Die Spiegel, ins Kühlfach gelegt, werden blind. Feierlich
Schwelt in Archiven und Banken das humanistische Gold.
»Ich hätte mich gern wie ein Fisch in den Medien bewegt.«

VIII Niemands Land Stimmen

First Citizen:
I the great tow? *Why the great tow*?

Shakespeare/Coriolanus

Niemands Land Stimmen

Unten am Schlammgrund
In Tunneln der U-Bahn
Vorm Fernseher die Toten
Inside out outside in
Begegnen. . . dem Tag

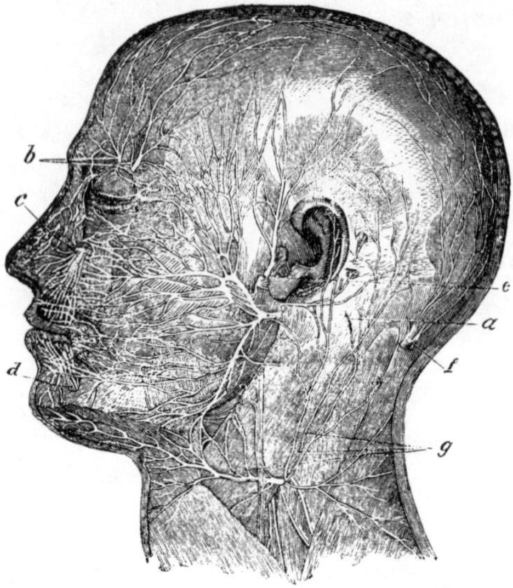
b
c
d
e
a
f
g

1. Unten am Schlammgrund

Auf den Boden gesunken
        Dieser warmen aquarischen Nacht,
                                                            Ströme
Von Luftblasen sprudelnd vor Augen
        (Ein glasiges Perlen, ein Tanz
            Klebriger Laichkugeln
                                    In Mineralwasser lichtwärts)
Müde in einer U-Bahn
                                        (»Was fährt, das fährt.«)
        Unten am Schlammgrund
                                                    der Straßen
        Schaukelnd zwischen Erinnerungsschlieren:
Ein deutscher Wachtraum.
                            . . . irgendwas macht, daß Musik
Die du morgens gehört hast
                                                dir abends noch einmal
        Hochkommt, erbrochener Schleimrest
            Von Rhapsodien in Schwarz,
                Dunkelgrau, Violett. . .
(Langsame Kamerafahrt durch die Lakunen
            Eines gespaltenen Hirns).
Lichtpunkte, Schreie
                                    und jähe Blendungen
                                                                auf einer
        Unendlich schleichenden
                Schnellen Fahrt
                                            ohne das Jaulen,
Ohne das Heulen des Schienenwolfs.
                                                            Eingepfercht
Diesseits von Raum und Zeit
    (Der Verwandlungen und des Pollenflugs,
        Der Kontinentaldrift und der Erfindungen,
    Der Hierarchiezerfälle und der Geburten)

Gefangen in einer Geschwindigkeitsdruse,
ein Knäuel,
Umspeichelt, verdaut,
im Ekel zerwürgt,
Oder steckengeblieben in einer
Von diesen Speiseröhren der Stadt.
So dämmerst du
wieder einmal
mitten im Zwischendrin:

»In der Mitte von Nirgendwo«

Oder schlimmer noch
wie in Platos Höhlengleichnis.
Alles entrinnt
Wo ein Gemäuer die Blicke schwärzt
Hinterrücks auf die deutlichen Dinge
Sonnlichtgetränkt.
Nur ihr Abbild ist sichtbar:
Halbschatten entzündeter Dünste
In Werbespots hingehaucht,
Fotografien in Hochglanz,
Illusionen gelackter Dinge,
Scheinfrüchte im Hologramm,
Tropfen kandierten Schweißes
und diese großen Brocken
Erotisierter Luft
unter 500-Watt-Strahlern
hoch aufgetürmt.
Nichts vom Lichtgeflimmer,
nichts von den sommersprossigen Dingen,
den Archetypen der Freude
Übertaghell
und gespiegelt im Wasser,

bewegliche Schatten...
Ein nichtiger Bote
hockst du im Neonlicht,
fährst
Mit den *Furien des Verschwindens*
(fett über der Zeit),
betrogen um manchen Atemzug,
manchen Andrang, den ihre Abenteuer
Als bloße Verheißungen heischen,
auf kreischenden Schienen
Ein weißer Würfelknochen hellrasselnd
im Tunnel der Nacht
blankgeschliffen wie eine Spindel
Dort auf den Polstern
von Unmengen Ärschen poliert,
das warst du:
Imago im Niemandsland.
Tagsüber die Hölle, sind diese Straßen und Plätze
hier unten
nach Mitternacht tiefseestill,
Eine Dunkelheit, nur von kleinen
Fischen und Troglodyten durchirrt,
Zombies
Die hier im Scherbenglück
nisten, wo giftige Algen
mit Augäpfeln bespickt
An den Brandmauern treiben, gekräuselt
wie Schamhaar, zerfetzt
seit dem letzten Krieg.
Stille, zwielichtige Stille:
ein Wirbelsturm
tief in den Zellen,
Kaum spürbar,
das Rücken der Zeiger
sovieler chemischer Uhren, –
Wie lautlos das ging.

Welcher Insektenkrieg
frißt sich durch Minengänge?
Stille
. . . im radioaktiven Zerfall.

2. *In Tunneln der U-Bahn*

Vielleicht war diese Stille
nichts als die Halbwertszeit
einzelner Wörter
In mir,
und wer war ich:
ein genehmigtes Ich,
Blinder Fleck oder bloßer Silbenrest. . . (-ich),
zersplittert und wiedervereinigt
im Universum
von Tag zu Tag,
Gehalten vom Bruchband der Stunden
zusammengeflickt
Stückweise
und in Fragmenten
»I feel so atomized.«

Eine träge Masse war ich,
ein Passagier,
unter Tiermasken flüchtig,
streunend
zerstreut
»Deut um Deut«
(Wie sagt Freud?).

Vollkommene Langweile des Ichs
Das sich in jedermann wiedererkennt, Ende
des Zweiten Jahrtausends
in einer U-Bahn
Hier unten am Durchgangsort
rollender Halden, vergessener Deponien
einer neuen Art Dinosaurierfleisch:

Fleisch tätowiert von Tabus,

Von Gesten des Nahkampfs entstellt,
tropfenschwer und geduldig,
Schwitzendes Fleisch in Kolonnen,
von peinlicher Vorsicht verklebt,
sorgenvoll
Trauben orgiastischen Fleischs zementiert
und von Schwerkraft taub in sich gekehrt,
fern der Trapeze, der Schaukeln,
der Ruhe im Seiltanz,
unverführt
Von Mysterienkarussellen
und einem Frühstück im Freien,
aufgehoben in keinem seltenen Wind.
Sieh dieses Fleisch,
wie es im Halbdunkel gärt,
am goldenen Feierabend,
Bald Wrack, bald Ruine,
Jahrzehnte im voraus veräußert,
in Hektik untergehend,
in Pausen alternd,
Eingepaßt ins Gestänge der Industrie.
Andere Stollen,
Andere Luken, die sich in Hohlräume öffnen
auf dieser Fahrt
unterm Nachtrand
an leeren Stationen vorbei,
Mit dem Suchbild der Toten,
vorbei am verstaubten Asyl
für den Durst vor der Auferstehung.

Papierkörbe, die überquellen,
wo die Schatten sich stärken werden
inmitten von Operettenstaffagen,
Kulissen für einen Unterweltsfilm
Mit Hadesstiegen noch aus der Gründerzeit,
Notpfennige blinkend in einer Pfütze

glasierte Ziegelwände,
Plakate und Schattenpflaster
wie unterm Glassturz
gesehen im blaugrünen Wasser
Dieser aquarischen Nacht.
Gußeiserne Träume
im Magazin eines Verkehrsmuseums,
Emailleschilder:
Namensknoten im Netzwerk
der unterkellerten Stadt,
So spät längst entvölkert,
bis in die Wurzeln gestillt,
leer von rebellischer Seligkeit,
Die es irgendwann hier gegeben hatte
(das ahntest du).
Passagen durchgeistert vom Taucherblick
eines schläfrigen Fahrgasts,
dessen Hirn stottert
Wie ein Motor, der absäuft.
So beruhigt, so verwirrt
hinter vermauerter Stirn:

Wenn du dich wendest,
wendet sich in dir die Furcht,
unumkehrbar zu sein
(Jede Zuflucht durcheilt)
dingfest
in welcher Geschichte?
In welchem Niemandsland,
unter den Füßen verpachtet?

Raschelndes Zwielicht
vorm Abstieg in eine Dunkelkammer
Druckausgleich:
Von lauwarm zu steinkühl,
von blickfern zu hautnah,

vom Außen ins Innen.
Ein vages Möbelgefühl –
Das warst immer noch du!
Deine Glieder vom Sitzen steif,
Saugst du dich
an den Scheiben fest,
mit den Schemen längst eins.
Jede Verbindung zur Außenwelt
scheint unterbrochen, Kurs
unbekannt, bist du Herr
Über allen Gedächtniskomfort,
geleitet vom Gleichgewichtssinn,
in einer U-Bahn allein.

Doch was spielte sich wirklich ab
Dort oben vor dieser künstlichen
Trennwand
mit leisem Terror
Unter gefälschtem Zentralgestirn,
mit den »Bedeutungen«,
den Monologen sovieler Stimmen,
Im Durcheinander von Zukunftsmärschen,
von Geometrien und Ökonomien,
von lautlosen Jahreszeiten,
ironischen Architekturen
In einer Landschaft, die immer zerrissener wird,
immer ähnlicher einem Triptychon,
dessen Mittelteil auslischt
Überwuchert vom rechten Höllenflügel,
wo durch die dünnen Scharniere
das Flutlicht bricht
Von Banketten und Kakophonien der Politik

und später zerfielen die Radioprogramme zu Jazz.

Einsamkeit;
Hyänengang hungriger Poesie
unterirdisch
Schlingernd im Labyrinth
eines Echobeschleunigers
Unterwegs auf der Spiralbahn
toter Jahrhundertstimmen
hinter Lamellen aus Blei:
Ortlos, zeitlos,
als seist du
verdammt durch Geschichte
Zu eilen,
verwandelst du dich
in die Gedächtniswelle
Aus 1000 verpaßten Gelegenheiten
zu leben,
Zu lieben,
alleinzusein und mit Freunden
Zu fliegen,
im Aufruhr zu leuchten,
im Zorn
Sich herumzuwerfen
(in einer anderen Nacktheit)
Und siehst dich geschlagen
im Graubrotstaub
des enteigneten Alltags
Eines kleinen Mannes in Deutschland.

3. Vorm Fernseher die Toten

Und also verschollen
In abgestandener Zeit
Mit Augen wie unter Wasser grün...

Stimmen im Abseits, vom Zwielicht aufgestört, Stimmen
Die unter die Sprache flüchten, auf fremdes Gebiet,
Tonspuren vollgemacht mit Geschrei »Ich war dabei!«
Der geduldige Tausendfüßler im Schatten der Steine.

Hier bin ich, irgendein Typ im Wort-Schneetreiben
Europas, verkrochen in Nachtarbeit, unterwegs
Durch den Augenblick. Müllberge, Blechgestrüpp,
Straßen mit Häusern wie kariöse Gebisse.
Sprühregen wäscht ab die zerfetzten Plakate,
Den Propaganda-Pop. *»Alles Schrreiße!«*
Kreischt eine Stimme, die mir im Nacken sitzt.
Meine Antwort ein Murmeln wie in den Wind gepißt.

Bin ich der Witzbold den das Sternlicht kitzelt?
Kalt in der Badewanne nachts, der Neo-Nihilist
Mit diesen Bildern... Fluchten... Bildern, der Idiot?
Glibbriges Gel auf der Haut, die Schenkel
Im Shampoo-Schaum warte ich auf den Andruck
Der Alphabete, der Spiegel Spiegelschrift.
Traum vom Verlangen nach einem anderen Körper
... schwerelos, androgyn ...
Ohne das Erbgift der tauben Eliten, den Rausch
Billigen Hamlet-Haschischs, von dem mein Hirn
Irritiert immerfort implodiert.
Keine Ahnung
Wieviel Handlung auf einen Mann kommt
In wievielen Jahren wieviel Erkennen und Zorn.

»Unterwerfen und Töten die Pole, ein Drittes
Vergiß es«. Noch im Schlaf ohne Schlaf
Schaukle ich meinen traurigen Bauch, still verdaut.
Erinnerung ein Sekret, das mir die Lider verklebt
Peinlich zäh wie Moral, Spuckefäden auf einer Akte
Die meinen Holzweg beschreibt. Tiergeschichten
Im bürokratischen Zoo, tote Fliegen knabbernd
Schlafe ich ein vorm Bildschirm, überall Schreie
»Wir wollen raus hier, hört ihr. Wir wollen raus.«

Dann halfen mir Hände, zogen mich langsam herauf
Ins Blitzlichtgewitter wo ich nackt stand, ich fiel
Rückwärts in Zeitlupe herab.
Es war wie ein Film

Der *Das Ende des Wartens* hieß. Amigo, erleichtert
Sah ich, es war vorbei, die Geduld verbraucht.
»Wir wollen raus hier, hört ihr. Wir wollen raus.«

Anywhere...
Anywhere out...
Anywhere out of the world.

Berlin. Ein Toter saß an dreizehn Wochen
Aufrecht vorm Fernseher, der lief, den Blick
Gebrochen. Im Fernsehn gab ein Fernsehkoch
Den guten Rat zum Kochen.
Verwesung und Gestank im Zimmer,
Hinter Gardinen blaues Flimmern, später
Die blanken Knochen.
Nichts
Sagten Nachbarn, die ihn scheu beäugten, denn
Sie alle dachten längst dasselbe: »Ich hab's
Gerochen.«
Ein Toter saß an dreizehn Wochen...
Es war ein fraglos schönes Ende.
Jahrhundertwende.

4. Inside out outside in

Sperrmüll schluckt den Bildschirmtraum, täglich
Saugen sich Blicke fest an Containern, beklebt
Mit den Sprüchen von Moderatoren und Stars, spielen
Röhrende Radios die letzten Hits
Für zerfetzte Matratzen, Kissen vom Regen fett,
Polster vergangener Leiber und Lieben,
Trickreicher Ficks. Hinter Gardinen
Das blaue Flimmern zum Abend, Langweile
Ein familiäres Rauschen das übergeht in Geröchel.
Jeder Mord eine Titelzeile von Morgen, Indiz
Gegen den Stillstand der Jahreszeiten
Und Generationen. Kalt
Es ist kälter geworden, über Nacht Frost,
Rauhreif auf Kühlerhauben. Zwischen den Fingern
Glänzt neu das Herbstlaub, kyrillisch
Getränktes Papier, das Gesammelte Rußland, ein Schwamm.

Restlos vollgesoffen, ich hing
Hing herum in den Worten, den Sätzen, im Phlegma
Der Signifikanten, an Kantischen Kanten
Verletzt. . . Raum und Zeit.
Der trinaxische Marx-Mensch, vermarktet, der Schlehmil,
X-ist ohne Schicksal, die Beute Freuds,
Verliebt in *The power of positive thinking,* das Glück
Zu vergessen. . . von Illusionen halbblind.

In einer Schlafmohnkapsel lag ich und träumte
Um meine leere Mitte gerollt, das metaphysische Tier.

Anmaßende Stimme, Spion
Des Zerfalls ohne Hoffnung auf den Zerfall im Innern,
Wo das Erinnern wimmert, wo sich das Ich noch immer
Fassungslos sammelt vom elektronischen Schneesturm,

Euphorisches Häufchen Fleisch, wirst du langsam weich?
Geboren und abgeleckt, blau verfärbt im OP-Licht
Schon vorm ersten Schrei fast erstickt an der Luft
Das Gedrängel im Unterleib war dein kurzer Prozeß,
Dieser komische Akt der dich ausschloß als Zeugen,
Dieser göttliche Einfall ›Ein Kind! Ein Kind!‹
In den Frühlingswirbeln warst du zuerst ein Gefühl
Endorphin aus der Tube, ins Gehirn eingespritzt
›Wie ihr wißt sind wir scharf auf den Augenblick‹.

Gealtert wie über Nacht schleicht das Begehren davon.
Was blieb von den lila Angstlust-Revolten?
Kitsch und Verbluten am Wort.

Wie Haare im Ausguß Jahre, die frühen Jahre, Gewalt
Verschmiert in gefliesten Klos, abgewischt, früh schon
Vor Scherben gestanden, die Scham, die Scheu defloriert,
Horror der Motorradjagden, Pflaumen-am-Gaumen-Zeit.
Was es auch war es war geil solang es geheim blieb
Enteilt wie die leeren Zeichen im Untergrund-Kino
Rollende Steine im Alkohol, was hieß schon Zorn?

Großvaters Uhr am Hals nahm ich den höchsten Baum,
In den kahlen Ästen, dünnarmig, stand ich erwachsen
Und grinste den Sommern nach, staubgraue Vorstadt
Im T-Shirt, die endlose Kindheit war bald vorbei.
Gegen Mittag gingen wir auf den Müllhalden jagen,
Böse Buben am Stadtrand, zwischen Gleisen und Schutt
Verlockt vom Gestank, den Tabus einer Landschaft
Von der niemand was wissen wollte, verdächtiger Grund
Gift-Depot und Gemeinplatz, jede Handbreit Boden zerwühlt.
Ein Sperrzaun verriet das Gelände als Schlachtfeld,
Bulldozer, Bagger, Laster am Horizont.
                                        Kein Verdacht
Fiel auf irgendwen, irgendwas. Auf die Leute hier
War Verlaß. . . In den Schrebergärten gestrandet

Tropften die Lebenden lebenslänglich am Haken ab.
War es hier wo wir sprechen lernten, wie von Sinnen, taub?
Das Staunen im Blick wich der Leere, dem Ziel
Embryonen und Foeten aus den Ratten zu schneiden
Rote Schnäuzchen aus Bäuchen, vom Luftdruck zerfetzt.
War es hier wo wir Tiere quälten, auf allen Vieren
Im Müll, fauchend unter den leeren Himmeln
Enthemmt vom Rauch in verregnete Feuer starrten.

Vom Niederschlagen der Lider
Ermüdet schliefen wir ein.

In einer Schlafmohnkapsel lag ich und träumte
Wie wir durchnäßt und frierend in die Feuer starrten
Wie uns der Müllwind in die Lebensläufe fuhr
Wie die Kadaver zuckten in der Asche, graue Felle
In einem Nest aus Autoreifen. Das verkohlte Fleisch
War dieser Nullpunkt wo das Stottern anfing,
Der Schatten *Aphasie* sich auf die Zungen legte.

»Nein, ich erträume nichts mehr.« »Bist du krank?«
»Es sind die Worte, hörst du?« »Ruh dich aus. . .«
»Es ist das Feilschen, nicht der Klang.« »Kann sein.«
»Wir hängen alle in der Sprache fest, im leeren Raum.«

»Du denkst, du bist. . .« »Nimm diese Veilchen-Ratten,
»Sie stehen voll auf Veilchenduft. Der Riechstoff
»Wird in den Uterus gespritzt, das macht sie scharf
»Auf alles was nach Veilchen riecht wie Muttern.«

Vergiß
O du Vergißmeinnicht –

»Gleich fängt das Liebesleben hier im Glasstall an.«

Niemands Land. . .

. . . unter welchen Bildschirm gelegt, lautlos aufgesaugt
Von wievielen Löchern, nicht zum Verstehen hier
Nicht zum Verweilen irgendwo oder leicht zu sein
Bis das Herz versagt.

Niemands Land. . .
. . . in den frühen Morgenstunden, noch im Tran, in Trance
Wenn im Drinnen das Draußen, im Draußen das Drinnen
Wie Eiweiß gerinnt, wenn die Nachtschwester heimgeht
Und die Frühschicht beginnt, wenn im Versuchslabor
Die geklammerte Ratte in den letzten Zügen liegt
Geht dieses Hirn und sein Ich auf gewohnten Empfang,
Sofort angeschlossen, europäisch codiert, ein nervöses Radio
Reitend auf Psychowellen bis zum ersten klaren Wort.

Niemands Land. . .
. . . im Milieu der Echokammern und weißen Iso-Tanks
Hygienischer Studios, Zellen durchquert vom Ultraschall
Wo die Körper zur Durchsicht lagern, mit Apparaten
Verkabelt, Ersatzteilspender, wo unterm Atemzelt
Das Sterben sich mit dem Start der Frühgeburt trifft
Liegt das Gedächtnis auf Eis, sucht im Koma den Weg
Von der Zygote im Reagenzglas zur Autopsie.

In einer Schlafmohnkapsel lag ich und träumte
Um meine leere Mitte gerollt, entlang der Nabelschnur
Vor und zurück durch die frühen Jahre gespult.

Als ich noch ein Foetus war / Sperrte man mich ein
Labyrinth der Plazenta / Hieß mein warmes Heim
Wo ich schaukelnd fast ein Jahr / Über mir allein
Wie auf Meeren trieb

Das Diorama der Kindheit ist mit den Bunkern versunken.

An seinen Wänden die erste Uhr, ohne Zeiger, verstaubt
Mißt nicht den Sprung zu den Kreidezeichen am Boden. . . Das ABC
Ein Gedränge von Gesten versteckt hinter *Richtig* und *Falsch*.

Im Rucksack Bücher, stand ich vor dem U-Bahn-Eingang
Zögernd, den Blick im Straßenlärm zerstreut
Vom stummen Lesen müde. Mein genaues Alter
Das Datum vorn im Ausweis hatte nichts zu tun
Mit dem Verkehr und dieser kühlen Luft von unten.
Wo eine Treppe schon Statistik war, ein Unfall
Die Pause im numerischen Gewimmer
Was war mein Herzschlag vor dem Hinterhalt aus Zeit?
Als ich mir selbst entgegensah im Monitor
Lag meine Route schon vergessen hinter mir.
In vierzehn Tagen durch die deutsche Dichtung,
In einem Monat durch das Nachkriegsdenken
Mit allem was man pfeifend aus dem Ramsch zog
Wenn es noch halbwegs glänzte unter blankem Ekel.
»Im Reißwolf Totenfraß . . . Verschleiß, Verschleiß.«
Ein Sprung, und dann ein Fliegenschwarm um jedes Bild
Für jedes welke Foto ein Herbarium in Hochglanz.
»Mit 100 Worten sind Sie hier dabei!«

Freier Fall durch den Lärm bis der Krampf sich löst
Bis das schwarze Geäder hervortritt, Stadt ohne Fluß
Von allen Meeren verlassen, unter Null, stillgelegt
Unten am Schlammgrund in den Tunneln der U-Bahn.
Beim Aufprall hörte ich die Knöchel knacken,
Das Blut im Schädel pochte als das *Objektiv* zerbrach.
Im *split-brain* fügten sich die Scherben neu
Zum Prisma, das mit Puzzles um sich warf.
Meine Schritte hallten durch ein Stück Gründerzeit.
Jede tote Station war ein Versteck vor den Zeichen.
Die Hände aufgeschürft glitt ich an Brandmauern vor.
In Pfützen das Grundwasser stand wie im Märchen still.
Überall an den Wänden Schwanz-und-Fotzen-Gekritzel,
Ein Hunderevier, mit Graffiti in Leuchtschrift markiert,
Tafeln zum Luftschutz und Sprüche wie
Hier ließ sich Hermann Göring einen blasen
Der Tod

Ist das Leben zu Scheiße verbrannt
Ich hab mein Herz
Im Bahnhofsklo verloren
Leckt mich mein Schäferhund
Denk ich an dich
Es blaut so blau
Herr es ist Zeit
Die Rache des Universums ist uns gewiß

Zwielicht. Vergangenheit. Ein gefiederter Pfeil
Schwarz und in beide Richtungen zeigend, darunter
In Kochscher Fraktur kreideweiß *Stunde Null*.

»Wir sind da, wir sind da, wir sind angelangt!«
Alle Toten sind tot, alle Lebenden flüchtig
»Was die Hirnrinde funkt, glaub es nicht, glaub es nicht.«
Inflation und Metapher. Vielzuviel Euphorie
Für ein Land das so oft katatonisch erwacht.

Auftauchen früh, in der Menge verschwinden, gesichtslos
Zurück in den Drehstrom, ans Netz, auf die Straßen.
Welche Jahreszeit oben, was für Fahnen auf nassem Ast?
Jeder Baum ein Skelett, mit grünem Lametta behängt
Das im Regen klirrt, letzte Warnung vor neuem Anfang.
Phantastische Farne am Netzhautrand; in den Nischen
Der Kleinkrieg geht weiter, das Stammeln, das Sterben.
Um jeden Wohnblock Kampf, aus jedem Hausflur Gasgeruch,
Selbstmorde, elektronisch stilisiert.

Wegbrechen jäh und vom Rand her verlöschen die Bilder
Im stromschnellen *stop and go*. Die mobilen Familien
In ihren Autos vorm Blitzschlag geschützt hocken im Stau.
Kurzschluß der Wünsche, wo die Freizeit vom Fließband rollt
Mit Gefühlen, dosiert, und Idolen in Folie verpackt
Eben noch weiß wie ein *Kleenex* voll Sperma und Blut.
Glücksspiel, Betäubung, Jahre in einem Raubmord gerafft.

»Keine falsche Bewegung!« raunt der Fahrtwind ins Megaphon.
Doch die Namen gehn leer aus.

Loslassen, Zeit
Aus den Löchern zu kriechen, mit Augen
Weitoffen in einer anderen Strömung auf leichtem Fuß.
Schrill und verwickelt treiben die Dinge an dir vorbei.
War da irgendein Mythos der all dem entspricht?
War da irgendein Mythos
Irgendein Mythos der
Sprich.

In einer U-Bahn, früh am Morgen, lag ein Toter
Erwürgt mit einem Draht. Aus seinen Ohren quoll
Musik aus einem *walkman* irgendwo im Innern

Der Lederjacke, blutverschmiert. Sein kahler Schädel
Hing über die zerstochne Sitzbank wo mit Filzstift
In Kinderschrift geschrieben stand »Du Arschloch!«

Verzagt. – Im Schließfach eines Fernbahnhofs in B.
Fand sich die Leiche eines neugebornen Kindes,
Kaum eine Woche alt. Die Nabelwunde war noch frisch.

Noch war der Name auf der Haut nicht angetrocknet,
Kaum sichtbar das Geschlecht, da lag das Bündel
Schon festverschnürt bereit zur Reise

In einen andern Automaten-Limbo, in ein andres Licht.

5. Begegnen . . . dem Tag

Jeden Morgen im Glas der Satz
Linguistischer Bitterpillen, der Schub
Worte zum Gurgeln, die alten Worte
Dem Traum entwöhnt.

Das Große Spinnennetz ist zerrissen.
Alles schläft, alles bewegt sich wie immer
Im Kino der Nomina folgt das Bild dem Blick.

Vergangenheit, ein möbliertes Tableau,
Zimmer vom eigenen Denken verdunkelt,
Tische und Stühle dramatisiert wie die Tür zum Tod.

Die falschen Orte, die falschen Zeiten
Einige heimlich im Schlaf verwandelt, das Nichts
An Bewußtsein zwischen *Ich bin* und *Ich war.*

Jedes Präsens fällt von sich ab
In ein begehbares Schweigen, Gedächtnis
Bis die Lektion gelernt ist,
Unter den leeren Himmeln das Sprechen spricht.

In einer Schlafmohnkapsel lag ich und träumte
Im Nacken den Zeitpfeil, ein metaphysisches Tier.

Jedes hängt seinen Gedanken nach bis dahin
Wo die Stimmen lebendig werden, verteilt im Raum,
Gespenster geschart um das tautologische Aas.

»Allein ich war ein Namenloser, einer
Unter acht Millionen.«

. . . ich wâs so voller scheltens

Daz mîn âtem stanc:

Hast du geahnt, was sie alle antrieb, sie umtrieb
Jeden in *seiner* Welt, unerkannt.

Ein Nichts zu sein. . . für einen Dreck verheizt.

Stimme am Grund, warum sagt du nichts.

Unter der Erde gibt der Eigensinn endlich Ruhe.
Eine Wunde im Rücken ist kein Grund zur Flucht.

»Ingenieure der Seele, sie schnallten mich fest
Auf dem Drehstuhl, Verbrecher, sie pumpten mich voll
Mit Ionen die jeden Reiz markierten. Rotierend
Sondiert verlor ich, ich verlor mein Bewußtsein.
Unterm Kameraauge war ich Versuchsperson X. . .«

»Die Schläfen kahlrasiert, mit dem Blick zur Wand
Elektroden am Hinterkopf, blieb ich unerkannt.«

»In dieser Nacht beschloß ich für mich: Stille.«

Wie still es wird, wenn du nur willst, wie angenehm
Still verschluckt zu werden im schalldichten Raum.
Der letzte Ton ist dieser Herzton, das Pulsieren
Des Bluts. Wenn nichts mehr hörbar ist, kein Laut
Dröhnt noch das Ohr. . .
Bewußtsein als Verhängnis.
Bis zum Schluß.

Vorm Schirmbild war ich wieder ganz was Hume
A bundle of perceptions nennt, die bloße Psychofolie,
Das Hohlhirn das sich vorwölbt im Reflex, stumm wie behext.

Die Stadt, mit leeren Taxis, lag noch eingeschläfert

Als ich früh heimwärts ging. Das tote Fleisch am Haken
Der Metzgerein ließ mich, ein Tier, so blöde glotzen
Wie die erregten Aufblaspuppen in den Sex-Shops,
Im *Frisch vom Fisch* die trägen Karpfen, alt wie Moos.
Verboten war es als ich durch den Halbschlaf streunte
Lauthals zu bellen und zu knurren oder frei heraus
Quer über jeden Platz zu rufen »Der Idiot bin ich«.
»Weil ich dazugehörte.«
Weil ich das Murmeln in den Zeitungen zu gut verstand,
Den Stadtplan lesen konnte und die Filmplakate.
Weil ich Vergleichen folgte, Nummernschildern, Preisen
Und steif in Klammern ging, der Bindestrich für alles.
Tags Fahrgast, Stimmenfänger, Obligat im Wind
War ich vom weißen Rauschen blau, von den Signalen
In Nerv und Draht und Abflußrohr und Straße.
Im Telefonnetz zappelnd, in den gelben Zellen nachts
Kopfunter aufgehängt, mein Echolot »Ich bins«/»Bin ichs«
Den modulierten Bändern hörig, Lippen hinter Glas.
In welchen Test verirrt, war ich in welchem Teil
Der Skinner-Box, mit welcher Lexik für den Notfall?
Perfide Bildchen unterm Lid, den exogenen Traum
Vom Tatort, der das Unheil auf sich zieht, Geschichte.

»Alle Türen geöffnet ging ich durch keine hindurch.«

Der orbitale Radius, Spanne zwischen beiden Augen
War das verrückte Maß, das mich im Blickfeld hielt.

Die psychedelischen Volieren starren vogellos,
Die psychedelischen Volieren sind längst leer.
Und King Kong, Mutters Liebling, war der beste Vater
Niemand war sanfter, zärtlicher als er.
Doch das ist lange her.

Sätze im Imperfekt, Illusionen
Im x-ten *extrauterinen Frühjahr* kein Warum

Für soviel Miß- und Un- und Nicht- und Ent-.

Lassen, Gelassensein, gegen den Raum
Nichts mehr behaupten müssen, die Stimmen
Engramme, magnetisch angezogen, wovon.

Das Vergessen ist farblos. Wie jeder Wunsch
Wird der Tod von den Lippen gelesen.
Zwischen Logik und Körper klemmt Ironie.

Kreiselnd im reinen Weiß das Geschehen
Geht ein in die losen Zusammenhänge,
Die Chöre, vom Kanon angetrieben, wohin.

Schwinden, Verschwundensein, an die Zeit
Nichts mehr entrichten müssen, Biographien
Fixiert auf die kalten Aspekte der Welt.

Fetzen und Flausen
Und die Knochen blank bis aufs letzte Und.

Nicht zurück die Spur, unterirdisch zurück
Zum ersten Wort oder Ausfall
Der Frühe zu Füßen landend, verführt.

IX Tag X

Tag X

Wohin die Morgen als ein Pioniergruß zart
        Die Welt in zwei erstarrte Hälften teilte
                Antagonistisch und entlang der Schädelnaht?
Als den Legenden noch die Drohung folgte
    Es ginge eins im andern auf und sei bestimmt.
            Vom Husten bis zum Abschlußzeugnis, von der Milch
In der noch Wahrheit schwamm bis zum verheilten Selbst
        Hing alles wie nach Plan zusammen. Streng vertraut
            War noch der Zwang, das Salz im Alltag, liebenswert.
Durch jedes Fenster flog ein Raumschiff aus Papier
        An Bord den Neuen Menschen im Versuchslabor.
                Und jeder Ist-Satz, vom Diktat der Einfachheit
Befriedigt gab sich selbst den Punkt. Wie beim Appell
    Das helle »Seid bereit!« für den Tag X.

(Für Ilya Kabakov)

Block und Komma

»Jawoll! Kann passieren!«
(Deutscher Schaffner bei der Durchfahrt eines
Plombierten Zuges Berlin 1917)

»Alles in Ordnung? Ich habe Schüsse gehört.«
(Lenin zu Trotzki Neujahrsfest 1920)

»In diesen Breiten sind wir unser eigner Herr.«
(Wache am Eingang zum Smolny)

Im Regen, im Regen, wir springen im Regen...
Seventy years under the communist umbrella.

Auf dieser Planke kamen wir durch Dick & Dünn
(Anonymer Familienspruch Zeit der Säuberungen)

Wenn das Gedächtnis wegbricht schweigt die Mitte
Im Massengrab die Massen ohne Stimme.
(Erinnerung als Phrase Verfasser unbekannt)

»Aus roten Schüsseln Schicksalssuppe löffelnd«
(Schäbiger Blankvers aus dem Hinterhalt)

»Die Mütze ab!«
(Wache am Eingang zum Lenin-Mausoleum)

»Auch Christus kam nur bis zum Horizont...«
(Stoßseufzer am Ufer des Eismeers)

STALIN... STAL... INSTA... LINS... TAL... INS... TAL
(Echo vom Berge)

»Jetzt sind wir die Arschlöcher des Jahrhunderts.«
(Stimme aus einer Geisterstadt hinterm Ural)

»Mutanten! Ergebt euch oder geht unter!«
(Batman Die Rückkehr des dunklen Ritters)

»Wenn die Leitungen frei sind wissen wir mehr.«
(1 × Washington-Moskau via Satellit 90er Jahre)

Ozymandias

I met a traveller from an antique land
Who said: Two vast and trunkless legs of stone
Stand in the desert. Near them on the sand,
Half sunk, a shatter'd visage lies, whose frown
And wrinkled lip and sneer of cold command
Tell that its sculptor well those passions read
Which yet survive, stamp'd on these lifeless things,
The hand that mock'd them and the heart that fed;
And on the pedestal these words appear:
›My name is Ozymandias, king of kings:
Look on my works, ye Mighty, and despair!‹
Nothing beside remains. Round the decay
Of that colossal wreck, boundless and bare,
The lone and level sands stretch far away.

Percy Bysshe Shelley

Transsibirischer Ozymandias

»Traf ich ein Tourist aus ein antik Land
Der sagte: In der Wüste steht ein Paar gewaltige
Rumpflose Bein aus Stein. Daneben, halb in Sand
Versunken liegt Visage, ruiniert. Ihr Grinsen
Kalte Befehlsgewalt und die gefrorne schmale Lipp
Zeigen wie gut sich Künstler Leidenschaft studierte
Daß sie erhalten bleibt, geprägt in tote Stoff,
Wie Hand hier täuschte und wie Herz staffierte;
Und auf dem Sockel steht geschrieben diese Spruch:
›Mein Name Ozymandias, Zar der Zaren:
Seht meine Werke, Mächtige, und dann verzweifelt!‹
Nichts sonst was ringsum ist. Um den Zerfall
Von kolossale Wrack, grenzenlos öd und leer,
Dehnt flache Sand sich einsam weit weithin.«

Sieben Telegramme

23/10/89

Im Schock abgeblockt, in der Stunde der Aktentaschen
Schwieriger Nebensachen wie Koffer, Doktrinen und Knöpfe
Bleibt dieses Grab, von einer zur andern Mauer verlegt
Mit der Angst von Politbürokraten kreuzweise Reaktion.
Versunken im Schlamm, neu in Marsch gesetzt, dreckig
Dunkeln bei Licht die Ikonen eines anderen Todes
Den niemand mehr sterben will. . . *This Siberian thrill.*
Trauriger Kreml, – ›*Adios, tristes obispos bolcheviques!*‹

1/11/89

Dienstags, verfangen in einem der schlimmeren Träume
Sah ich ein riesiges Schweineohr, feuerrot, aufgeplatzt
Von Reportern mit Schuhcreme auf Hochglanz poliert.
Nürnberger Trichter, in dem es von Fleischmaden wimmelte.
Pornographisches Megaphon einer fleißigen Generation.
Sickerloch für den dünneren Abgang, den Müll, das Gebrüll
Öffentlich und von allen benutzt, eine Wunschkloake.
Ich sah: Hitlers Ohr rosig im Bunker der Reichskanzlei.

12/11/89

Komm zu dir Gedicht, Berlins Mauer ist offen jetzt.
Wehleid des Wartens, Langweile in Hegels Schmalland
Vorbei wie das stählerne Schweigen... Heil Stalin.
Letzter Monstranzen Glanz, hinter Panzern verschanzt.
Langsam kommen die Uhren auf Touren, jede geht anders.
Pech für die Kopffüßler, im Brackwasser abgesackt.
Revolutionsschrott *en masse*, die Massen genasführt
Im Trott von bankrotten Rotten, was bleibt ein Gebet:
Heiliger Kim Il Sung, Phönix Pjönjangs, bitt für uns.

26/12/89

Ende der Pause, Amigo. Diesmal das wirkliche Ende?
Entflechtung der Siegerkränze, des Blechs, der Versprechen
Geplatzt wie der Kürbis des letzten mürben Diktators.
Stummes uniformes Verbluten als Preis für ein Wimmern
Von Theologen verwöhnt, von Gehörlosen abgehört
Wärmeverklärt, schizoid von Instinkten genährt.
Schöne verkommene Welt aus Gewöhnung und Größenwahn –
Allzubald komm ich wieder, sagt die Gewalt, allzubald.

31/12/89

»Verfluchter Scheiß, die hätten wirklich schießen lassen!«
(Die Beine breit, daß Mädchen sich verkriechen konnten).
Stell dir das vor, in einem Augenblick von Hysterie.
Noch einmal Angstschweiß, Engelszungen, Blut und Hoden
Legenden die sich schwer wie Mäntel wenden lassen.
Abtreibung auf Chinesisch und pro Kopf ein Formblatt.
Aus jeder Schreibmaschine, abgehackt, ein Nachruf...
Bis zum Beginn der Neuzeit nichts als alte Zeichen.

15/1/90

Der lange Arm, verlängert, schlingt sich um den Klumpfuß
Und schreckt die Telephone auf im letzten Selbstgespräch.
Zwietracht der Zwerge die sich noch im Krebsgang balgen.
Die Körper, Schlange stehend nach dem Tod, zeitlebens
Spenden ihr Blut geduldig dieser Hydra Ordnung.
Jahr lang ins Ungewisse... wenn auch nicht mit Blick
Zu Boden, leise Stimmen, wie die Toten bei Homer.
Nur eine Leiche nimmt das Leben schließlich leichter.

13/3/90

Wieder ein Glaube erledigt, wieder ein listiges *Credo*
Quia absurdum mehr, das sich im Schleppnetz verfängt.
Abschied von Inzest und Turnsport. Wie Poren schließen
Die Einschußlöcher des letzten Krieges sich an der Luft.
Gesteinigt die Steiniger, war der Bannkreis gesprengt
Dieses Nirgends und Nie nur ein Vorspiel der Monotonie.
Hier wo der Mangel sein Lied sang *Ihr Kinderlein kommt. . .*
Das Plappern verwaltet die Stummheit. (»Das ist der Dank.«)

X Die Leeren Zeichen

. . . in ihrem Schlagen jeden Namen
und jedes Wort . . .

Leonardo da Vinci/A. 102 v.

1

Wie denkt ein sauber abgetrennter Kopf?
Was sucht ein Irrtum auf der flachen Hand,
Ein roter Pfeil entlang der Wirbelsäule?
Wen hintergeht Vergangenheit, ein *slang*
Aus Anekdoten, Interieurs . . . Die Körper?
Vom Hörensagen bleibt kein Ohr verschont.
Die beste Zuflucht – ein geschlossner Mund.
Im Hals die Zunge, den geköpften Aal.

2

Schwachsinn, zu fragen wie es dazu kam.
Es war der falsche Ort, die falsche Zeit
Für einen Stummfilm mit dem Titel *Volk*.
Die Luft war günstig für Vergeblichkeit,
Das Land weit übers Datum des Verfalls.
»Alles was schiefgehn kann, wird schiefgehn«
War noch der kleinste Nenner wie zum Trost
Das Echo, anonym »Ich war dabei. . .«.

3

Seit damals ist ein Wort ein Wort,
Sonst nichts. Seit diesem einen Tag
Und dieser Nacht, die am Gehirn fraß.
Etwas brach ab und etwas neues
Kann nicht beginnen seither, Ebbe.
In den verödeten Kanälen treibt
Nur die Erinnerung an Schlimmeres.
Gerinnsel, Chlor, ein kortikaler Fleck.

4

Der Tag davor, die Nacht, der Tag danach,
So absolut getrennt durch Exegese,
Dem Ende aller Trends im Großen Trema,
Sind sie den Hemisphären gleich
Erstarrt, objektlos, unumkehrbar zwei
Wie nach dem Schnitt die Nervenbahnen,
Ins Blaue tastend wie das Wort *Läsion*.
Die beiden Apfelhälften, stummer Kern.

5

Versprich mir, daß du dich versprichst
Im zerebralen Rülpsen, Sprache
Die sich an Knochen bricht wie Echolot.
Blind vor Kontrolle herrscht im Kopf
Fraktur, die Rede gegen Wände.
Wo Nichts und Niemand spiegelbildlich
Wie durch ein Fernrohr sich beglotzten
War das *Ich denke* nur ein Bluterguß.

6

Was für ein Trick: Eins zwei drei. . .n,
Schon war das Kollektiv verschwunden.
Eben noch Schweigemasse, schwerer Schlaf,
Appell ans Nichts in Reißbrettstädten,
Fata Morgana im Beton. . . genügt
Ein falscher Ton es zu zerstreuen.
Das Karussell von Putsch und Polka
Dreht sich im Leeren weiter, sonntagsruhig.

7

Vor einer gelben Wand zehn Stunden lang
Stand ich *Bestellt – nicht abgeholt,* es war
Das Spielchen einer Ordnung mit sich selbst
Weil niemand mit ihr spielte. Rückensteif
Vom Gegendruck des unter kollektiven Druck
Gesetzten Körpers sah ich, weiß im Putz
Die feinen Risse auf dem Grund des Ichs,
Freiwillig eingesperrt in seine Formen.

8

Ein enger Gang, verbrauchte Luft, das Licht
So grell daß es die Ohren abstehn ließ.
Die Adern an der Hand des Nebenmanns
Traten wie Würmer violett hervor.
Man war verdammt zum Aufrechtstehn,
Kein Kniefall half. Das Glück der Schwäche
Zu überwinden war man streng bewacht.
Die Szenerie vertraut. . . ein Polizeirevier.

9

Ein schattenloser Raum, ein Akten-Trakt
In dem das typisch Surreal-Banale,
Beamte, Schreibmaschinen, Brillen, Tische,
Die kichernden Klischees der Macht
Im Schluckauf hoch und runter fuhren
Wie mit dem Fahrstuhl, *Paternoster*
Kopfunter murmelnd, steif in Uniform,
Stichelnde Bilder aus der Stummfilmzeit.

10

Einmal, im Halbschlaf, die Erinnerung
An die Gerecktheit, steif, insektenhaft,
Zu Anfang des Jahrhunderts. . . Lenins
Grotesken vor dem Sturm, der *slapstick*
Der Rationalität, Vor und Zurück
Des Kinns, der Arme, ruckhaft, Gesten
Vom Turm des Panzers vor dem Bahnhof.
Wie selbstvergessen: Segen für den Erdkreis
Aus welcher Ecke nur des Intellekts?

11

Ein Raum im Traum, verzerrtes Kabinett
Wo jeder Besenstiel sich aufrecht hielt,
Die Wanduhr rückwärts ging, ein Krebs
Der die Minuten schnitt. Nur eine Stunde
Schon war man müde, willig, anonym.
Big Brothers Blick, ein Auge, tränenlos,
Im Glanz von Bohnerwachs drang hier
Sogar in Winkel, die es gar nicht gab.

12

Ein Tote-Fakten-Raum, ein gelbes Loch,
Die Wände wie mit Gänsehaut bespannt,
Wo alle Farben per Dekret entfärbt
Unter dem Anstrich mundtot schwelten.
Den Ton gab dieses Gelb an,
                                        gelber Hohn
Der sich durch jede Zelle fraß, Urin-
Delirien die das Denken lähmten...
»Wozu aufs Klo gehn? Pißt euch ein!«

13

Das reine Abbild ist ein Bild-im-Bild
Durch eine Hintertür gesehn, Kopie
Nach einem Plan, genannt *Die Wirklichkeit*.
Im Schnittpunkt idealer Linien leblos
Gehört hier jedes Ding an seinen Platz,
Beherrscht von Spiegeln, die sich selbst
Streng tautologisch *widerspiegeln*...
Ein Nichts für alles, hohles Theorem.
Nach einer Stunde war ich voll im Bild.

14

Naiver Glaube, der den andern glaubt
Was sie sich selbst kaum glauben, überzeugt
Nur von der Gläubigkeit der andern.
Gerüchte, Flüstern, dein zerrissnes Ohr
Geht mit der Flugbahn jeder Mücke mit.
Im Nacken Prickeln, die Kanüle zuckt.
Hypnose lauert überall. Das Denken?
Ein Schweißausbruch im überheizten Raum.

15

Verhaftet, *zugeführt* und eingelocht
Fand ich mich wieder als ein anderer,
Verwandelt binnen Stunden zum Beweis,
Daß schon der Name die Erziehung macht.
In schneller Folge war ich Demonstrant,
Dann Wirrkopf, Rowdy, Element
Und also Unperson, mit einem Wort
Ein Unding oder schlicht, ein Nichts.

16

Später ein Spruch . . . (War es ein Merkblatt?)
Auf dem ich las: Nur wer das Nadelöhr
Totaler Ignoranz passiert, kommt durch.
Nicht wahr, Gott einmal abgeschafft
Ging alles leicht. Nichts war undenkbar jetzt.
Der Mord, ein *Mittel der Verwaltung,*
War strengste Logik, was vom Menschen blieb
Nur noch ein leeres Zeichen an der Wand.

17

Und dann ein Nachruf (über Funk?) Zitat:
»Die Glottis, noch vom *Gott ist tot*
Betäubt, holt schon zum nächsten Schlag aus.
Das Auge, fassungslos und himmelweit
Bleibt, auf den Grund genagelt, ein Organ
In dem sich Gallert mit Vergessen mischt.
Der Mund, elektrisiert von Floskeln
Saugt sich aus Überdruß am Schweigen fest.«

18

»Rein physisch warn wir hier (Wer spricht da?)
Die Letzten, die. . . (Und wo ist *hier?*)
Gefräßig maßgenommen vom System
Mit Fingern Sterne zählten. (Wer ist *wir?*)
Die Summe des Verstummens jedesmal
Ergab den Durchschnittswert, das Null zu Null.
So zog das Sterben mit den Tagen gleich.«
(Kein Alptraum, nur ein schlechter Film.)

19

Nach soviel Aufruhr *up and down* die Nacht,
Schiffsschaukeln in den Grachten des Gehirns,
Soviel gestauter Gegenwart, Ideenflucht, Entzug
Kam früh, wie immer früh, die *Wende*.
Die Wände hochgekrochen kam und blieb
Die eigne Frage in Gestalt des Feindes –
Daß niemand es gewesen sein wird, hieß
»Das Ganze war ein Zwischenfall, mehr nicht.«

XI Der Cartesische Hund

Der Cartesische Hund

Wedelnd um jedes Nein das ihn fortschleift
Worte wie Flöhe im Fell, die Schnauze im Dreck

Ohren angelegt auf der Flucht vor den Nullen
Gejagt von den kleineren Übeln ins Allergrößte

Müde der leeren Himmel, die Kehle blank
Gehorcht er dem Ersten das kommt und ihn denkt

Portrait
des Künstlers als junger Grenzhund

Zum Andenken an I. P. Pawlow
Und alle Versuchshunde
Der Medizinischen Akademie der
Russischen Armee

Eingefrorener Hund
Wurde wiederbelebt.

»Das ist ja sonderbar!« schrie der
Mit der dünnen Stimme.

»Und er kommt nicht allein«
Antwortete die Fremde.

(Fortsetzung folgt)

1

Hundsein ist ein leerer Parkplatz am Mittag.
»Nichts als Ärger. . .« und Seekrankheit an Land.
Hundsein ist dies und das, Lernen aus Abfallhaufen,
Ein Knöchel als Mahlzeit, Orgasmen im Schlamm.
Hundsein ist was als nächstes geschieht, Zufall
Der einspringt für Langeweile und Nichtverstehen.
Hundsein ist Kampf mit dem stärkeren Gegner
Zeit, die dich schwachmacht mit rennenden Zäunen.
Sovieles an Vielzuvielem auf engstem Raum. . .
Hundsein ist diese Fahrt mit der Geisterbahn
Sprache, die trickreich den Weg verstellt,
Falle für alles.
Hundsein ist Müssen, wenn du nicht willst, Wollen
Wenn du nicht kannst und immer schaut jemand zu.
Hundsein?
Ist dieses Übelriechen aufs Wort.

2

»Geh aus dem Licht« sagst du und meinst im Glas
Des Spiegels, blind vom Hinsehn, diesen Dämon
Der dich (Quecksilberblick!) bejahrt bejaht.
Mit hartem Strahl durchdringt er dein Gesicht
Wie ein Spion vom Clan der Röntgengeister.
Wenn du dich wendest, wendet in dir Angst
Vorm Unumkehrbarsein zur Flucht nach vorn.
Bis etwas feststeht...
                                        hinter den Grimassen.
Noch im Phantombild wirst du, beim Gehirntest
Sofort erkannt. Wenn auch nur halb und halb.
Ein Andrer in den andern gehst du fremd
Wie sie in dir fremdgehn.
                                        Die Stirn vermauert
Ist jede Zuflucht schnell durcheilt. Zu spät
Kommt alles erst ans Licht durch Autopsie?

3

. . .zig Jahre Dienst mit Blick auf Stacheldraht
Landauf landab im Trott hält nur ein Hund aus,
Der was ihn gängelt anstaunt, früh schon brav.
Im Schlaf noch wird ihm jedes Loch im Grenzzaun
Heimtückisch klein zum Einschuß hinterm Ohr.
Ein sattes Schmatzen zeigt: Auch Hunde träumen.
Was ihm den Maulkorb feucht macht, ist der Wahn
Daß Parallelen irgendwann sich schneiden
Wo Pawlow für den Rest an Psyche steht
(Instinkt, mobilgemacht, ein Zickzack-Kompaß)
Ist Dialektik nichts als. . . Hundetreue;
Sinn für die Stimmung in *his master's voice*.
So kommt es, daß er erst im Abgang klarsieht,
Am Ende des Prozesses.
»Wie ein Hund.«

4

Alt siehst du aus, young dog. Atomzeitalt.
Neugierig morgens, schwer von Rest-Rationen
Bildsatter Träume streunst du in den Tag,
Gebremst vom Autostrom im Smog, den Sprachen
Gedruckt auf breitgewalztem Holz, dem Brei
An dem nicht zu ersticken es viel List braucht.
Denn was du sein sollst, gibt dein Phänotyp
Der Fetisch, jedem sichtbar, vor: ein Deutscher.
Weiß. . . männlich. . . mittelgroß. . . brünett.
Das reicht
Vielleicht für siebzig Jahre *Kampf ums Dasein*.
Wenn's hochkommt, hält Geduld den Rotz zurück.
Doch droht mit Schlimmsten immerhin auch dir
Die Dummheit,
das Gesumm der Hirnmaschine
Von der es heißt, sie produziert sich selbst.

5

Aus dem verramschten Rausch der frühen Jahre
Geführt aufs Glatteis scheuer Sachlichkeit
Frierst du am Nullpunkt ein vor Zeichenstarre.
Durch dich hindurch geht was Versprechen spricht,
Ein Schwindsuchtsog, der Wort, Blick, Geste leert.
Die grellen Träume bleichen aus beim Waschen
Chemisch entfärbt, mit blödem Zeug bedruckt.
Die Resistenz am Ende des Jahrhunderts
Zieht sich geheimnislos ins Hirn zurück.
Was jetzt noch wachhält, Schwachkopf, ist Gelächter
Über ein Tier, tief in sich selbst verstrickt.
Sonst gibt es nichts, was ernst zu nehmen wäre.
Gefragt, woran ich Tag und Nacht gedacht hab
Sag ich aus List vielleicht nochmal »An nichts.«

6

Der Mensch, nun ja... das alphabetisierte Tier,
Das einzige das lügt, gehorcht der Logik
Von Augenmaß und Täuschung. Was das heißt
Siehst du beim ersten Blick in eine Zeitung.
Beim zweiten... Vorsicht... bist du schon dabei.
Was hilft dir Skepsis, seit soviel geglaubt wird
Daß du wie Stickstoff Illusionen atmest
Die als Gerücht längst reiner Traumstoff sind.
Statist des Alltags mit dem Kopf im Nebel
Denk an Sokrates.
                                        Wenn der schwor »Beim Hund!«
Fiel eine Welt aus Meinungen in Scherben.
Wie jedes Kind schon weiß, echt paradox
Bringt gleich das erste Wort ein Mißverständnis
Das nur durch Wiederholung sich vergißt.

7

Glücklich in einem Niemandsland aus Sand
War ich ein Hund, in Grenzen wunschlos, stumm.
Von oben kam, was ich zum Glauben brauchte.
Gott war ein Flugzeug, wolkenweiß getarnt
Vom Feind, mich einzuschläfern, ferngesteuert.
Doch blieb ich stoisch, mein Revier im Blick.
Wenn ich auf allen Vieren Haltung annahm,
Zündstoff mein Fell, lud mich der Boden auf.
Im Westen, heißt es, geht der Hund dem Herrn
Voraus.
        Im Osten folgt er ihm – mit Abstand.
Was mich betrifft, ich war mein eigner Hund,
Gleich fern von Ost und West, im Todesstreifen.
Nur hier gelang mir manchmal dieser Sprung
Tief aus dem Zwielicht zwischen Hund und Wolf.

8

Verstand, wie *Joe* sagt, die Dreigroschen-Hölle
Ist dieser Ort, wo sich das Ich eins pfeift;
Wo sich auf Abstand halten Angst und Neugier.
Die Angst: es könnte bald an seinem Rand
Spurlos verschwinden auf dem Weg der Neugier.
Der Neugier: wie sich's lebt, befreit von Angst.
Daraus ergibt sich leicht ein kleines Drama
Entlang der Grenzen, vom Verstand markiert
Durch immer neues unverwandtes Streunen.
Ich bin nicht hier, sagt es.
                                        Ich bin nicht dort.
Und sein Versteckspiel zeigt: Ich ist kein andrer
Als dieser Grenzhund, der sich selbst bewacht.
Wer garantiert dir, daß er dich nicht anspringt
Gesetzt, du ziehst dich still aus dem Verkehr?

9

Hört euch das an: Ich sei so sanft gewesen
Daß man mich nun als Haustier halten will,
Heißt es in einem Nachruf noch zu Lebzeit.
Mir wird ganz schlecht, wenn ich sie flöten höre
Von handzahm, kinderlieb und treu. Geschwätz!
Für alles Fremde findet sich ein Kennwort.
Sieht aus, als sei ich nun von Zeit ereilt
Und meine Stimme schwimmt im Eingeständnis:
»Halb war ich Zombie, halb enfant perdu. . .«
Vielleicht hat mich da draußen irgendwann
Der Raum verschluckt, wo sich der Sichtkreis schließt.
Von nun an soll mein Double für mich sorgen.
Mein Trotz wird ausgekotzt mitsamt der Frage:
Ob Haustierhirne schließlich leichter sind?

10

Wie gut nur, daß man meiner Stirn von außen
Den Film nicht ansieht, der im Innern läuft.
»Mein Leben rückwärts. . .« oder wie ich blindlings
Im Sperrgebiet durch die verminten Zonen strich,
Selbst nur ein Strich in einer offnen Gleichung.
Nun ist sie nicht mehr offen, ich bin frei.
Die Landschaft sinkt zurück, ein neuer Baugrund.
Seit ich hier raus bin, kennt mich niemand mehr.
Der Sand löscht aus.
                    Wachtürme sind vergeßlich
Wie Augen, von den Höhlen abgelöst.
Die zwei, drei Namen für den Ort der Trennung
Sind schon verblaßt.
                    Nichts mehr verrät den Trick
Durch den ein Streifen Land zum Zeitloch wurde.
Wie gut nur, daß man meiner Stirn nichts ansieht.

11

Und du? Hast du vergessen, wo du herkommst?
Wird dir nun klar, wie groß der Schaden ist
Sovieler Jahre Peinlichkeit und Komik...?
Was für ein Land, in dem ein Wort zum Tag
Viel mehr erregt als das noch nie Gesagte,
Das somit ungesagt bleibt.
Wessen Stimme
Verschluckt sich beim Versuch den Fraß zu kauen?
Sogleich zu wissen, was geschieht, was nicht
Kann Raffinesse sein.
Hier war es Lethargie
Wie kopflos strammzustehn vor Müdigkeit.
Was heißt schon Leben? Für alles gibt's Ersatz
Wo nur Hypnose herrscht und *Dienst ist Dienst*.
Mach dir nichts vor, im Paradies der Hunde
Ist Pisse an den Bäumen Stoff zum Träumen.

12

Hund unter Hunden nachts im Schußfeld wach:
    Wie war das noch, der Bauch gibt acht? Worauf?
    Daß du gepreßten Kuchen frißt in Preußen?
Was war es, das dir in den Rücken trat,
War es die Großhirnrinde, die da sprach
    »Ich weiß«? War es die Zufuhr frischen Bluts?
Was für ein Hundeleben und um welchen Preis.
    Daß du ein Opfer bist, was soll der Quatsch?

Nur Ethologen haben den Komplizenblick
    Der Angst begreift. In ihren Studien kommt
    Das Tier als Mensch oft vor. Was mich betraf
Ich lag in einem langen Schlaf. Ich war
Ein Automat, der leicht auf Knopfdruck kam.
    Wohin ich kam, kam ich umhin. Von A
Nach B (und umgekehrt) der schnellste Weg
    Wo Mißtraun Bögen schlägt, ist die Ellipse.

Reiß dir kein Bein aus... Künstliche Intelligenz
    Hat für den Fall der Störung vorgesorgt.
    Schon in der Frage, wer dich repariert
Falls die Mechanik streikt, steckt der Defekt.
Als *L'homme machine*... von La Mettrie in Schutz
    Genommen brauchst du keine Alibis
Du funktionierst, das reicht. Und good old Hobbes
    Kommt für den Schaden auf im Dienst der Ordnung.

Niemand kann sagen, was ihm fehlt eh nicht
    Der Schock ihm hilft. Aus Ignoranz gestürzt
    Fliegt dir dein ganzes Leben auf. Im freien Fall
Zieht ein Projektor die Verlust-Tabelle durch.
Lochstreifen nackter Angst. Vor meinen Augen Schwarz.
    Kann sein, es ist Verblendung, die mir sagt:
Nicht erst seit Vico oder Machiavelli sind
    Gli due occhi della storia blind.

XII O Heimat, zynischer Euphon

O Heimat, zynischer Euphon

Soviele Flickerbilder in den Künstlerhirnen,
Gewalt, durch Spiegelscherben exorziert, –
Uns nackte Welpen, Erben hoher Stirnen,
Hat man schon früh mit Nervennelken tätowiert.

Der kranken Väter Brut sind wir, der Mauern
Sturzgeburt. ›Tief, tief im Deutsch...‹, ertränkt.
Enkel von Städtebauern, Fleischbeschauern:
Jedem die fremde Wirklichkeit. (›Geschenkt.‹)

›Noch Bombensplitter?!‹ Gut für Stachelgaumen,
In violetten Babyschädeln installiert.
Sag, welche Schwester drückte ihren Daumen
Ins zarte Fontanell uns ungerührt?

Geröntgt, geimpft, dem deutschen Doppel-Klon,
Gebrochnen Auges, das nach Weitblick giert,
böse verfallen sind wir, pränatal dressiert.
›Deutschland?‹... O Heimat, zynischer Euphon.

(Für Thomas Kling)

20/3/89

Gedicht über Dresden

Scheintote Stadt, Barockwrack an der Elbe
Schwimmend in brauner Lauge, spät fixiert
Taucht sie aus Rotz und Wasser auf, ein Suchbild
Ein Puzzle, königlich, mit dem der Krieg
Die Schrecken der *Zerstörungswelt* entschärfte.
. . . was diesen Brücken keinen Abbruch tat,
Der Silhouette nicht, den schmalen Türmen
Chiaveris Schwan und dem Balkon Europas, –
Sandstein der alles weichmacht was hier aufwächst.
Das beste Depressivum ist der genius loci
An einem Ort, gemästet mit Erinnerungen,
Schwammfäule, schön getönt als Nostalgie
Narkotisch wie die psychotropen Jamben,
Die anglo-sächsische Version von *nevermore*.

Auch Dresden ist ein Werk des Malerlehrlings
Mit dem in Wien verstümperten Talent
Der halb Europa seinen Stilbruch aufzwang.
In diesem Fall ergab sich wie von selbst
Die Technik flächendeckender Radierung
Durch fremde Bomber, Meister ihres Fachs
In einer Nacht mit schwarzem Schnee im Febru
Getreu den Plänen seines Kunstfreunds Speer
(»Die Zukunft, Albert!«) bleibt von *Bausubstanzen*
Nach Tausend Jahren noch, groß im Verfall
Die Schönheit der Ruinen, ihr *Ruinenwert*.
So praktisch kommt Romantik in der Hand
Von Ingenieuren. Ein *Gesamtkunstwerk*
Singt unter Trümmern noch in höchsten Tön

Im Futur II wird alles still geworden sein.

(Für Via Lewandowsky)

XIII Casta Diva

Casta Diva

1
Erschlagen, *schlapp* von abgebrannten Tagen,
Hockst du in kahlen Zimmern; sinnlos jung.
Es macht dich müd, dem Sterben der Ideen
Zu folgen bis in alle Ritzen. Blitzend
Wie Silberfischchen fliehen sie im Dreck.
Von nebenan steigt Lustgestöhn und Husten
Tief aus Matratzen auf. . . Bellinis Norma,
Im Radio leidend, bringt dich um den Schlaf.
So lebst du hin, auch du, halbwegs normal.

2
Normal, korrekt – Was für verkalkte Worte.
Mit ihnen fügt dich Zeit ins Mauerwerk
Unmittelbarer Wand, die hier so dünn ist
Wie eine zweite Haut bedeckt mit Narben.
Dahinter Welt (und was du dafür hältst).
Gib zu, du fühlst dein Blut in dieser Enge
Pulsieren unter höchstem Kolbendruck;
Dumpf vor die Stirn geschlagen bis du paßt.
Du greinst, und Miß Migräne frißt dein Hirn.

3
Was Hirn? Die feinen Schwingungen der Wände
Sind wie das Klopfen auf dein Schädeldach.
Ein stumpfer Saphir kratzt die Fontanelle
Und übersetzt, was sich im Mietshausmief
Nur sehr gedämpft verbreitet. . . – Monologe,
Gebell der Einsamkeit, den Kinderschrei,
Das Rammeln in den Ställchen, Flüche, Schelten,
In das letale Hoch der Frauenstimme,
Mit der es endlos lang zu Ende geht.

4
›Geh-du-für-mich-ans-Ende-Kavatine. . .‹
Singt, in verziertem Gleichschritt, der Sopran.
Das Radio prasselt wie ein Scheiterhaufen.
Und wie es scheint, bist du es (schlecht entstört
Dein Hirn, dein Herz) der die Musik verzerrt.
Ein Mietshaus ist ein Ort für Melodramen.
Wo graue Zwietracht raschelnd sich betäubt,
Gelb die Neurosen blühn, bleibt als Gewißheit,
Manchmal kaum mehr als einfach dazusein.

5
Dasein als Zellverkehr. . . in Einzelzellen?
Auch du, für diesen Zeitfilm chromosom-
Getreu kopiert, steckst tief in deiner Zelle.
Man hat nicht erst gefragt, ob du das willst.
Geboren bist du wie du sterben wirst:
Durch Zufall, der sich nun mit Liebe tarnt,
Mit List, Begehren. . . Neuigkeiten. . . Sperma.
Und manchmal Arien durch den hohlen Zahn
Gepfiffen in den Opernsaal der Nacht.

6
Gut Nacht. Spät, wenn der letzte Würfel fällt,
Vergreift sich Alt an Jung, Kinder an Tieren.
Im Ehebett wird aus Pervers Banal.
Ein Notruf fängt sich schrill im Telefonnetz
Von einer, die im Fernsprechbuch nicht steht.
Ortlos in ihrer himmelweiten Sendung:
Ist sie die Domina, die nie zurückruft. . .?
Unten im Mieterhof, den Tag verschweigend,
Liegt eine Zeitung obenauf im Müll.

7

Im Müll erstickt – heißt bald ein neuer Nachruf,
Der dann auf jedem zweiten Grab erscheint.
Nichts mehr von Liebestod auf offner Szene,
Von Opern-Furor, Pathos und Passion.
In einer Zeit, die als vermißt schon feststeht,
Gesucht noch während sie verlorengeht,
Stirbst du am eignen ungeheuren Dreck.
Bloß gut, daß morgens keine *keusche Göttin*
Im Bett dir tot die kalte Schulter zeigt.
Dreh dich zur Wand. Schlaf ein. Das Radio schweigt.

Nachruf auf eine verbotene Stadt

So billig schlief man nur in toten Häfen.
Die Lager leer, kein Licht, kein Wort zuviel.
Rasierte Häuser, Luftschutzkeller, Ämter
Treppab voll Schutt, im Hausflur fauler Fisch.
Tief in den Straßen kreisten blöde Möwen.
Weiß auf den Denkmalhelden als Gedärm ihr Kot.
Schachspiel zum Zeitvertreib, es gab nur Meister.
Wenn einer abging blieb sein übler Ruf.
Man rauchte schnell, mißtrauisch, Witze murmelnd.

Nur der Sarkast kam früh auf seine Kosten.
»Zu schön um wahr zu sein. . .« galt als Moral.
Erzogen ward durch Schläge, Märchen, Lügen,
Was Philosophen machte oder Clowns aus Bosheit.
Gegen den Wahnsinn bot man hier – Methode.
Der Mensch war seine Akte. Erst bei langem
Staatlichen Stromausfall kam er abhanden.
Ein Telegramm befahl ihn aus dem Haus
Zum fernen Sammelplatz und an die Urne.

Nachts ging es oft hoch her. Man kroch zusammen.
Ein schneller Fick im Kellergang, das wärmte.
Ganz aus der Hast, ein Glückswurf, kam das nächste
Geschlecht in Umlauf mit demselben Stigma.
»Alle entmündigt. . .« rief der Volksmund schlau.
Unter den Wellblechhimmeln gab der Regen
Ein Flüstern, Gruß aus rostigen Kanistern,
All den verhörten Körpern in den Schlaf.
Im Blechgestrüpp nahm eine blinde Maus Reißaus.

Morgenandacht und Ketzerei

1

Haselnußcreme zum Frühstück, Joghurt und Milch,
Gedanken über Liebeskunst,
Organgymnastik, Trance
Unter den *Argonauten des Pazifik* (keine
Flugversuche). . . ›Alles,
Zu hoch dosiert, ist Gift‹, sagt dir
Ein Band der Kosmos-Reihe, Jahrgang '36.
So beginnt
Ein Morgen wie kein andrer.
Hastig essend hörst du
Was gestern los war in Hongkong. Da tritt sie auf,
Schießt aus der Hüfte
Ein paar Fotos, Aug in Aug
Streckt ihr die Krallen aus,
Küßt euch und beißt,
Zwei Otter, in die Dotter, hartgekocht, den Toast.

Kein Grund zur Traurigkeit, der Holztisch prangt
In Farben einer satten Genremalerei.
Das Licht
Löscht Reste Müdigkeit, blitzt ab,
Läßt diesen Raum
Vergessen wo wir uns bewegen, arglos, unverwandt.

2

Nachkrieg, was heißt das? Im Bürgerkriegsfrieden. . .?
Wo jeder Morgen verbürgt daß es
So weitergeht wie bisher.
Freundschaften, Häuser die plötzlich
Zusammenstürzen, die Strategien im Alltag,
Wie du dich tarnst
Mit dem Ernst des Soldaten
Und wie du unbewegt
Bleibst wenn ein *Engpaß* Manöver erfordert.
Alles scheint Kriegshandwerk, alles
Geländekampf und die Wahrheit braucht Feinde.

Jeder Tag fängt an mit den Truppentransporten
Im Morgengrauen und endet
Wenn du am Abend
Den Frontbericht liest und die Listen
Der Helden
(Von den Gefallenen keine Rede,
Von Deserteuren).
Mit unterhaltsamen Mitteln fortgesetzt ist Krieg
Politik,
Manko für Manko
Durch alle Gräben gejagt –
Plus.

3

Die Laken zerwühlt... keine Zeit sie zu glätten
Deckt sie das Bett wie es ist
schlafversehrt
ab.
Eine Hügellandschaft, ein Rechteck wüsten Himmels
Mit Serpentinen vom Abenteuer
Zur Anekdote.
Dann verläßt sie das Haus.
In den Falten zurück
Bleibt die Spur zweier Körper, ein weißlicher Fleck
In der Kartenform Indiens,
Drei Haare, gekräuselt;
Unscheinbare Verbrennungsrückstände der Liebe.

Was für ein Augenblick nachts als mir im Traum
(»Filmriß«) dein Arm entgegentrieb,
Hellbrauner Zweig
In einem anderen Ganges,
Gebogen um eine Frucht
Feucht und gespalten wie die Seychellen-Kokosnuß
Und wir erwachten
Äquatornah.
Der Rest war Sanskrit:

Ānanda, die reine Freude, *Āsana,* der heilige Fick.

4

Druckausgleich. Sobald du allein bist spürst du
Wie in das Zimmer
Langsam die Aporien sickern.
Staub
Und ein vages Möbelgefühl:
Dort, das bist du?
Schon preßt die Luft fest wie ein Mullverband
Gegen den Brustkorb. Es weht
Diese schwüle Kälte
Einer Gegenwart voll Komfort in eine andere Zeit.

Meerestief abgesenkt schwebst du, ein Kapitän Nemo
In seiner Nautilus
Stoßgesichert wie jede teure Uhr.
Gleich zu den ersten Morgenübungen
Zählt die Erregung
Des Rückenmarks
Durch eine Dosis
Tonkonserven.
Violin-Trips,
Sonaten,
Scarlattis kristalline *Essercizi,*
Tiefsee und Großstadt wechselweise
Musik die den Raum
Kontaminiert und entspannt und die Luft kühlt
Wie feines metalliges Garn. . . –
Mozart, mon Maldoror.

5

Nichts ist so leicht und so schwer wenn verkannt
Wie die verstohlene Rede der Dinge.
›*Vir hænger*
I sproget‹ (Wie Bohr sagt), in jedem Augenblick neu
Zerstreut, wortgewandt
Uns verstrickend und irri-
Tiert von sovielem ringsum getrennt zu sein. *Nein*

: unser ärgstes Wort ist, du weißt es, ein Bumerang.
Wochen später
Kehrt es zurück
Wie am Wannenrand
Tropfen von Menstrualblut morgens im Bad, Splitter

Archaischer Träume, durch Kontaktlinsen betrachtet
Gefroren zum Puzzle
Und dieser schmackhafte Skalp?
›Iß ihn auf!‹
Lebendig und schweigsam gehn wir ereilt zwischen
Sterilen Spiegeln,
Analphabeten,
Den Dingen fremd.
Aus den Kostümen des Eigensinns saugt uns die Scham
Hinter verdunkelten Fenstern ins All,
Pflanzenstill.

6

›Freude die aufspringt wie Fische in einem Teich‹ –
So gewitzt, so gewandt ist uns niemals
Das Hohe C
Einer Ketzermesse geglückt
Befreit von den Krisen
Zwanghafter Negation. Einmal erwacht, waren es milde
Jahrhundertgötter nach deren
Luftkissenwundern wir tags
Verlangten. Genaue Gesten und schöne Flüche,
Psyche zum Zeitvertreib,
Ein präpariertes Klavier...

Keinerlei Formel, nichts kann verhindern daß Zorn
Profitiert (wie Statistik)
Von einer Wildnis völlig
Aus Artefakten gemacht. Listiger Wachtraum, Alibi
War unser morgendliches
Verkennen der Welt Spiel
Gegen die Uhren, den Ausgleich, die Paranoia Euklids.

7

Faule Tomaten, zerdrückt, in einer Blechschüssel schräg
Unterm Küchenfenster
Das Mekka der Essigfliegen, verwirrt
Durcheinanderzuckend
Im kollektiven Gebet.
Du lehnst dich hinaus, siehst die verregnete Stadt
Früh am Morgen in ihre Häuser zerfallen. Überall
Leben das seine Schlingen auslegt,
Unfälle, Strapazen;
Regenschirmtänze auf grauem Fließband. ›Jugend adé.‹
Daß ihr euch wiedererkennt
In so komischen Zwängen, sovielen
Nervenbündeln dort draußen, im bösen Blick
Eines Dämons, wohnhaft
In jedermanns Müll. . . Wachsein
Ohne die traumklare Alchemie aller Bilder ist Qual.
Schließlich (wie jede Nähe sich
Unterm Anhauch trübt)
Blättern die alten Gesichter ab, demolierte Ikonen.
Ende der Schonzeit, zwei leere Zimmer (. . .),
Rite de passage.

XIV Annoncen

Annoncen

Bosheit, Genuß, Angst, Durst, Wut, Sex, Gefühle...
Such dir was aus davon. Es gibt noch mehr.

Affekte sind wie Brennstoff für den Körper.
Was ihn in Gang hält, scharf macht und verschleißt.

Sichtbar im Phasenbild sind nur die Muskeln:
Von außen Physis... Spannung, Kraft, Balance.

Doch was ihn wirklich antreibt, bleibt verborgen.
Die Hand am Lenkrad gleicht der Hand am Ast.

Ein Babyschrei, der *ums Verrecken* wegtreibt
Ist kein Motiv für bloßes Vorwärts. Also was?

Geduld, das Inventar der toten Stunden, hat
Mich an mein Rückgrat wie an einen Mast gestellt.

Gesicht zur Welt, so treib ich, zieh den andern gleich.
Was ich hier soll, ich weiß es nicht, und wer ich bin.

Ein Luftzug, Sprache, nimmt mich an der Hand. Sein Trick
Ist dieses sanfte Undsoweiter, schnell durchschaut.

Wie Zungenröllchen wölbt sich jedes Wort... Aspik
In Klarsichtfolie, Quatsch sein Schicksal. Ist es meins?

Nein Mund, du bist kein Schacht, in den sich Logik stürzt.
Von Chirurgie träumt ein Skalpell auf meiner Haut.

Schlaft blaue Flecken, Wunden. Hohler Zahn du, schlaf.
Das Leben, später, kriegt es mit dem Tod zu tun.

Im Traum ein Luft- und Wassermensch, beweglich frei
Bin ich am Tag, Fisch auf dem Trocknen, lungenschwach.

Mich davon abzulenken flieht vor mir die Zeit
Mit Injektionen, Diagrammen, Kreislauftests.

Das Hirn, ein Holograph, schafft um sich Räume
In denen Läuseeier groß wie Bälle sind.

Die Existenz erklärt sich und wird Heiterkeit.
Gebt mir Bescheid, wenn sich was neues tut im Wald.

Vorbei der Spuk, das pubertäre Blubbern,
Im Ohr herrscht, in den Adern Gleichstrom vor.

Auf meinem Stehplatz im Ozon-Konzert
Vom Atmen schwindlig hilft Musik mir kotzen.

Wie Flötentöne klingt vor leeren Himmeln
Was nur ein Fiebern ist nach Alpha-Rhythmen.

Psychische Schliche um ein Nichts aus List
Sind alle Krisen billig vor dem Suizid.

Kein Wort bleibt ausgeschlossen vom Begehren.
»Der Schwache ist am einsamsten allein.«

Ode an das Dienzephalon
(Nach W. H. Auden nach A. T. W. Simeons)

Hier also hältst du, Black Box, dich versteckt. So was
Von Präzision, in sich verstrickt, muß sich rächen.
Lange warst du ungreifbar, nun bist du dir selbst
Häßlich der Nächste.

Klinisch entblößt, auf Karten verzeichnet, ein Magazin
Heißer Drähte vom Zentrum zum Kleinen Zeh,
Eingeklemmt zwischen Logos und *feeling*... fragt sich
Wer hält hier wen fest?

Nichts von dem was sich im Neuronalen Netz fing
War dir wirklich Ernst. Selten stand mehr im Programm
Als Betrug, psychische Tricks oder Schlüsse wie dieses
Cogito ergo...

Alles im Griff, Flugkörper, Sprachen und Religionen,
Hast du nur eins unterschätzt, dieses Ich. Besser
Es läge noch immer vor seinem Schlag aus der Art
Glücklich im Koma.

»Die meisten hier, siehst du, sind süchtig
Nach einer Wirklichkeit wie
Aus 2ter Hand. . .«, sagte er. »Keiner
Kann lassen
Von dieser eiskalten Reizworthölle, den
Massen zersplitterter Bilder
am Morgen
Unterwegs durch die Stadt, eingesperrt

In überfüllte Straßenbahnen, gepanzert
Auf engstem Raum (Hieß das nicht
Entropie?).

Stell dir vor: Ein Café voller Leute, alle
Mit abgehobenen Schädeldecken, Gehirn
Bloßgelegt
(Dieses Grau!) und dazwischen
Nichts mehr was eine Resonanz auf den
Terror ringsum
Dämpfen könnte. Amigo, du
Würdest durchdrehn bei diesem einen
Nerventötenden Sinus-Ton von
Garantiert 1000 Hz. . .«.

Komischer Augenblick, wie dir auf einmal
(War es beim Schädelröntgen?)
Ein Licht aufging, was es hieß

Daß da in jedem Großhirn 15 Milliarden
Grauer Zellen gemeinsam
Untergebracht sind, mehrere Völker

Versammelt in einer einzigen Schaltzentrale;
Und Tag-und-Nacht-lang
Droht dort der Holocaust.

Singende Hirne, mein Freund, verkapselt wie Mohn,
Hoch montiert auf Stativen: Das sind wir –
(O helles Walnußmark)

Innen so fruchtfleischweich
Außen so knochenstark;
Antenne, Höhlung, Traumration.

»Das Riesenaxon des Tintenfisches ist mit einem Durchmesser von mehr als einem halben Millimeter eine Nervenfaser, die leicht freizulegen ist und mit der sich hervorragend experimentieren läßt.« (R. D. Keynes/Ionenkanäle in Nervenmembranen)

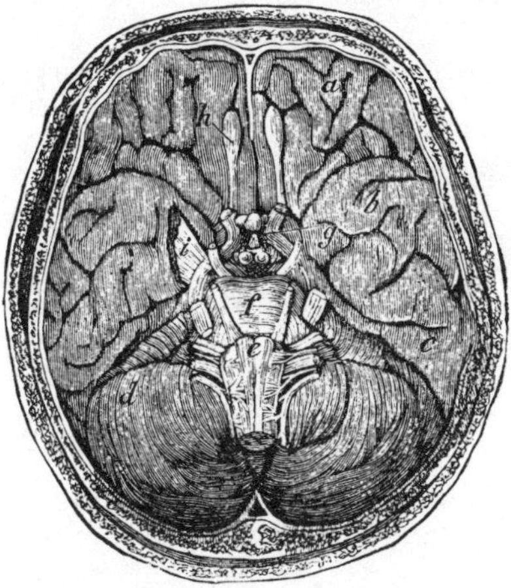

Ultima Ratio

Zahnstocher, Schraube, Skalpell – zuviel für ein Glück
Das seinen Namen kaum wert ist, zuwenig
Um hier herauszukommen mit heiler Haut. Die Welt

Hat nicht umsonst ihre Sprachen in Geld umgeprägt.
Nun lern, was sich lernen läßt. Zählen, nicht träumen!
Wie das Gelächter die Münder öffnet, die Augen schließt.

Ultra Null

Vom Schirm einmal abgesehn, wie du siehst,
Ist das Schirmbild ein Nichts.
Alles was recht ist wird hier gebrochen,
Gebündelt und ausgestrahlt. Nicht ein Bild

Überlebt seine Einschaltzeit (Einsamkeit).
Zeile für Zeile grassiert das Vergessen,
Brillanz hinter Glas. . . Besser Kontrolle
Sagt die Logik des Monitors. Lange

War nichts so ungreifbar wie dieses Licht.

Niemals verliert, niemals vergißt sich
Der erste Schock, Atem
Solange es atmet, Denken

Solange es denkt. Ordnungen wechseln,
Taghimmel, Moden,
Landschaften kommen und gehen

Wie Sterne und das Gerede um Nichts
Regeneriert sich im Schlaf.
Sprache ist Rache des Fleischs

Durch den Kehlkopf.

Kaputt ist Gesund und Gesund
Ist Kaputt.
In jeder Minute

Wechseln das Ja und das Nein
Sechzigmal.
Was zuviel ist

Ist längst schon nicht mehr
Zuviel. Überlebend
Am Tatort, auch du

Bis in die Knochen mit Zeit
Abgefüllt, *Seelchen*
Mit einem Leichnam bepackt,

Hältst kein Wort aus, kein Wort
Unter deinesgleichen
Ins Freie gepreßt.

XV Buna

Die Pronomen für Tod abzustoßen
Zog ich aus und in Sprache ein
Wohnhaft in babylonischer Enge
Des Worts von Gewohnheit bedroht

Ins Deutsche zu treffen ist schwer
Soviel krummgewunden verwunschenes
Scheinheil geheimer Eigentlichkeit
Anverwandelt in Rand und Band

Endungen zugeschnitten aufs Große Ende
In sovielen Silben derselbe Zwang
Gleichgeschaltet was sich Gewalt entzog
Hinterhalt für die Dinge der Welt

Die Pronomen für Tod abzustoßen
Lag ich nachts vor Bedeutung flach
Weltscheu wie Dürers Hase der ahnt
Daß er bluten muß irgendwann ereilt

Buna

1

Beschleunigt auf engstem Raum war es die Angst,
Motor der Alltagsseligkeit
Der wir vertrauten, naiv
Oder keusch?
Diese Hölle aller, das Grauen der Worte,
Ideen zentriert um ein *Nicht mehr*, ein *Noch nicht*.
Und alles Gleich war ein Binnenreim,
Ein banales Lied
›Unter der Hornhaut
Brennend das Alphabet aus Begierden,
Notdurft und Zorn.‹
Cracks and reforms and bursts in the violet air

Doch daß ein einziges Bild alles abräumt, restlos
Alles entblößt
War wie das Amen im voraus.
Die planvolle Öde,
Betonblöcke abgestellt bis zum Beginn der Neuzeit –
Fickzellen mit Fernheizung . . . das Neue.
Ein ganzes Land bunaisiert.
»Ich stelle mir vor«, sagte er
(Nach einer durchwachten
Nacht eher schlicht
Als prophetisch) »wie diese ganze Pracht
Unbewohnbar
In 100 Jahren gesprengt liegt – ein Haufen Schutt.«

2

Der Blick des Zauberers
(und Tricksters)
in die Welt
So wie sie ist,
entzaubert,
kantig,
abgebrannt
Müßte ein Blick sein der durch Schlitze fällt
Aus Tier- oder Dämonenmasken.
Unverwandt
Verschwimmt er nicht,
behält nichts,
sagt nichts und
Ist nur Reflex in einer Folge von Reflexen.
Kein Ausdruck wie die Spur
Von Stirn zu Mund,
Starres Relief nur, Leder
Über Knochen, Flechsen
Und dem nervösen Zucken briefpapierner Haut.
Kein Tier sucht sein Gesicht
Zu wahren, nur
Sein Blick schlägt zu, Blick
Der den Weg freihaut,
Ein schneller Messerstich, ein Blitz der Armatur.

Austauschbar jedes Ding, sein Wert –
Im absoluten Heute
Gibt sich der Blick obskur, lähmt
Und errettet seine Beute.

(Für Heiner Müller)

Yeti

»Who is the third. . .«

T.S. Eliot

Wie alles was hier seinen Gang geht . . . Ja, auch du
Gehst schnell vorbei und bist wie nie gewesen.
Der Weg der Einsicht, daß auch du mal aufhörst
Ist ein Gedankengang, der keine Folgen hat.
Nur ein paar Sprünge übers Ziel, schon lauert Blindheit
Hinter den Linien, wo du dich im Schnee verlierst.
Im Schnee der Sprachen bleibt nur zwischen Spuren Platz
Die bald gelöscht sind, auf Verdacht. Ein Schwarm Gerüchte
Klebt dir beharrlich an den Schläfen, blind, ein Fleck.
Die Krankheit Denken, schrecklich, heilt dir keine Kur.
Nur ein O.K. . . .
zu jedem Stolpern, Stottern, Scheitern.
Was sich mit dürren Worten durchs Vergessen fräst
Vergißt sich selbst zuletzt. Leer auf der Strecke bleibt
Gedächtnis. Eingezeichnet in die Enge der Frequenzen
Sendet im Spätprogramm dein Tod Signale
Wenn sich im Schlaf, hellhörig, dieser Körper wälzt.
Tibet. Ein Schneemensch. Seine Fluchtspur. Weiß auf weiß.

Fünf Falsche Töne

1

In Grund gebohrt, vibrierst du, grollst
Im toten Eck, im jüngsten Schacht.
Normalnullstolz. »Was soll's?« Du sollst,
Mit Zwang und Zufall gleich verkracht;

Miß Tyche will: Du sollst, du mußt
Vergessen, was nur lebbar ist
Mit Löchern im Gedächtnis, Frust,
Langweile, Unlust... Kein ›Vermißt‹

Streift deinen Schlaf. Erdfern der Punkt,
Wo Anarchie, Fürst Unbewußt,
Schönheit und Wahn herüberfunkt
An Detektoren-im-Verlust

Wie dich und dich... Nur noch zu Gast
In den Systemen, plattgemacht.
Wenn jeder Sandkorn-Dämon paßt:
Wozu noch Ich sein, klein, bedacht?

2

Kläglicher Laut der Ferne, ein Touristenlied... (Es regnet).
Mein Gestern schwindet zwischen Horizont und Auge.
Die polytechnischen Dämonen schwirren frei umher. Ein Riß
Geht seit dem Morgen durch den Tag und jede Stunde.
Du bist erkannt. Du wolltest mich verführen, Tyche,
Mit schönen Kurven, Quantensprung und unerhörtem Spin.
Das All, bis hinter alle Sterne ausgesternt, gekrümmt,
Läuft in sich selbst zurück. ›Morgen war Gestern.‹
Ein Leuchtturm auf Narkoseinseln weit im Ozean Hirn.
Die blanken Dinge um mich her sind Dreck. Geballt.
Nur noch der Regen macht mich an, mit Lippenblütlern.
(Allein das Wort.) Kein Mitleid hab ich mit der Erde,
Seit sie verächtlich, halbverdunkelt, Schründe, Krater
Aus kaltem Wüstenstaub zur Schau trägt. Mond, mein Mond.

3

Mondstaub im Ohr, die Stimme Kies,
  Glas knirscht, Quarzit bei jedem Schritt.
Hier bin ich, hier, im Ich-Verlies.
  Vier Wände Grau, Neuronen-Splitt.

Vier Wände Gelb, ein Ganglienspuk,
  Wenn Tier und Pflanze in dich dringt.
Du fluchst und spuckst, nichts ist genug.
  Bis *sie* dich in die Knie zwingt.

Exzentrisch. . . (Vorsicht, Idiotie!)
  Bist du dein eigner Satellit,
Wenn sie es will. Sie nimmt, nur sie
  Dich auf die Umlaufbahnen mit.

Seit Weltraumflug alltäglich ist
  Wie an den Ufern schwarzer Tang,
Heißt Reisen Flucht, Ballistik, List:
  Fahrt am Ereignishorizont entlang.

4

Klar bin ich wach. Ein Mißklang, der sich selbst betäubt.
Balsam der Stimme legt sich über jeden Knochenbruch
Und hüllt mich ein in ein elektrisch aufgeladnes Fell.
Gefräßig wie ein Bildschirm schluckt mein Blinder Fleck
Was mich entsetzt, enttäuscht und abends still verreckt.
Mein bessres Selbst, ein Kind der Zeit, heißt *Leichte Beute*.
Vergessen, blauer Sirup, Illusion. . . als Schnitt im Testbild
Sah ich mein Auge flach. Die feinen Radien der Iris
Ein Diagramm. . . Netzhaut ein stumpfes Video-Mosaik,
In das die Bilder stürzen wie enthäutet. He, Lukrez!
Von nun an sind wir alle gleich. . . Idioten. . . vor dem Gras,
Das seine grünen Kehlen an den Steinen blutigwetzt.
Wenn Tyche's Terror Psyche's Horror wird. Bin ich noch wach?

5

Der Raum verstummt. . . – bleibt Aphasie
  Im Disney-Diesseits treibhauswarm.
Diskret und so Exil wie nie
  Hält Zeit kaum Schritt an jedem Arm.

Kein Wort das in der Leitung stört,
  Schmerz? Ausfiltriert. Im Handumdrehn
Hat *Überall* den Raum verhört.
  Heißt *autogen* Ins-Auge-Gehn?

Klein in der Einstein-Welt, verbannt
  Von Relativität vor Ort
In eine Art von Nahkampfland
  Fährst du euklidisch träumend fort

(Geometrie und Traum ineins gesetzt)
  Zu tun als ob. . . Wie jedes X
Breitbeinig, unerkannt, gehetzt.
  Was von Visionen bleibt sind Tricks.

Loses Blatt. Biomechanischer Almanach

Daß ein Ding soviele Seiten hat, wie es Ansichten von ihm gibt, nicht umgekehrt, ist bekannt. Es ist der Hinterhalt aller Metaphern. Die Badewanne zum Beispiel, ist ebenso wie das U-Boot ein verlagerter Mutterleib, ein Metallgehäuse mit der unsichtbaren Aufschrift *Wiedergeburt.* Auch das Laufrad ist, aus verschiedener Sicht, jedesmal etwas anderes. Für den Hamster eine Art Lustgestell, die rotierende Lebensleiter, für den Konstrukteur ein Mechanismus zur Abfuhr von Muskelkraft, ist es für Philosophen womöglich die Karikatur der Illusion aller *Selbstbewegung.* Oder der Pawlowsche Hund... Jeder weiß, daß es Pawlow nur um die Untersuchung der Tätigkeit des Zentralnervensystems bei höheren Tieren ging. Eines Tages stand ein Hund im Gestell und durch einen Trichter wurde sein Speichel in eine Meßapparatur geleitet. Ist es ein Zufall, daß Bechterew 1917, im Jahr der Oktoberrevolution in Rußland, erstmals über *Reflexologie* doziert? Zehn Jahre später ist die Rede von *Kollektiver Reflexologie.* Das Laboratorium, wie Pawlow es sich wünschte, war ein Neubau mit absolut schalldichten Räumen.
Im *Turm des Schweigens* wird der Instinkt des Gesellschaftstieres durch Konditionen ersetzt.
Es ist Lenin persönlich, der in der Zeit des Bürgerkrieges beschließt, die Lebensmittelration für Pawlow und seine Frau zu verdoppeln. Wo Theorie und Praxis sich beim Stand von 1:1 trennen, kommt die Metapher zur Ruhe. Was ist passiert, fragte sich Pawlow, als er 1924 nach einer Überschwemmung morgens ins Institut kam. Einige der Hunde hatten alle bedingten Reflexe *vergessen.* Aus ihrer Sicht waren die Experimente beendet.

Appendix

1. *Posthume Innenstimmen*. René Descartes (1596-1650) und Marcel Duchamp (1887-1968).

2. *Niemands Land Stimmen*. Hinter allem *vox manet* sprachlos der *mega-corpse*, die ungeheure Gesamtleiche der von Geschichte, Krieg, Industrie täglich verbrauchten Körper und ihr Verschwinden in Landschaft und Untergrund.
Shakespeare, Coriolanus, Act I, Scene I, 95ff.
»Menenius:

> There was a time, when all the body's members
> Rebell'd against the belly; thus accus'd it:
> That only like a gulf it did remain
> I'th' midst o'th' body, idle and unactive,
> Still cupboarding the viand, never bearing
> Like labour with the rest, where th'other
> (instruments
> Did see, and hear, devise, instruct, walk, feel,
> And, mutually participate, did minister
> Unto the appetite and affection common
> Of the whole body. (...)«

3. *Diorama der Kindheit*. Erste Bühne der Imagination, hyperrealistischer Ort, wo das Perlhuhn der Dampfmaschine begegnet, der Einbaum sich in die Szene der Mondlandung schiebt. In kaleidoskopischem Tempo wechseln hier die Tableaus einer kindlichen Anthropologie.

4. *Bewußtsein als Verhängnis*. Nachlaßwerk des depressiven Psychosoziologen Alfred Seidel (1895-1924). Dank für den Hinweis an Frank Eckart, Leipzig.

5. *Gli due occhi della storia*. Giambattista Vico (1668-1744). Scienza Nuova.

6. *Seelchen, mit einem Leichnam bepackt*. Soviel ich weiß Ausspruch des Epiktetos (ca. 55-ca. 135).

7. *Fünf Falsche Töne*. Charles S. Peirce (1839-1914) und der Tychismus. Tyche, griechisch-hellenistische Göttin, zu verschiedenen Zeiten unterschiedlich personifiziert, einhellig als Inbegriff des Unvorhersehbaren, also der *Unschärfe*. Auf einer Kugel blancierend dargestellt. *Die* Zufall?

Inhalt

Literatur heute
Rotes Programm Suhrkamp

Reto Hänny. Ruch. *Ein Bericht*

Josef Winkler. Menschenkind. *Roman*

Ulla Berkéwicz. Josef stirbt. *Erzählung*

Rainald Goetz. Irre. *Roman*

Thomas Kling. verstärkung herzstärkender mittel / geschmacksverstärker / brennstabm / nacht.sicht.gerät. *Gedichte 1981-1993*

Werner Fritsch. Cherubim

Durs Grünbein. Von der üblen Seite. *Gedichte 1985-1992*

Norbert Gstrein. Einer. *Erzählung*

Andreas Neumeister. Äpfel vom Baum im Kies

Ralf Rothmann. Der Windfisch. *Erzählung*

Urs Faes. Sommerwende. *Roman*

Thomas Hettche. Ludwig muß sterben. *Roman*

Patrick Roth. Riverside. *Christusnovelle*

Marlene Streeruwitz. Ocean Drive. *Ein Stück*